小説集 Twitter終了

中央公論新社

contents

小説集　Twitter 終了

オタクどもの聖霊降臨日(ペンテコステ)

青井タイル

Aoi Tile

しかし、「あの人たちは、新しいぶどう酒に酔っているのだ」と言って、あざける者もいた。

『使徒言行録　2―13』新共同訳

こんな話がある。あるところに男がいて、男は家を構えていた。

家はひどく古く、汚れており、主（あるじ）のはからいにより取り壊されることが決まっていたが、男はその家に住み続けるとして譲らなかった。男は水で身や口を清めることはなく、同じ衣を着て、同じ呪詛（じゅそ）だけを口にしていた。曰（いわ）く、「ここと、ここの他尽（ことごと）くの地よ。栄えることなかれ。我と共に絶えよ」と。こうして、滅びがあった。Twitter のことである。私の所属したサークルのことである。ありふれた青春の澱（よど）みのことである。

ここにも一つの滅びがある。

四ツ谷駅から十五分歩いた先に、築六十五年の木造アパート、ひばり荘はある。階段や支柱にぶら下げられたネズミのおもちゃや、大量の干物、壁という壁に黒のエアスプレーで書きつけられた「必勝」「再生」「美しいまちづくり」といった文言は、今は重要ではない。ただの物件所有者による立ち退き勧告だ。本題は、それらを無視した先の角部屋、二〇七号室にある。

茶渋が年輪を為すマグカップに注がれた水は、不思議と乳白色をしている。大学時代ならいざ知らず、今では当然飲む気が湧かない。一方、四月にもかかわらず出しっぱなしにされたこたつの向こう側に座す男は構わず飲んでいる。十年もののマグカップに描かれたアニメの少女は色褪(いろあ)せており、元の姿が判然としない。水を飲んでいる男の方は姿形がわかりやすい。オタクを嫌う人間に「オタクを描け」と言って画用紙と鉛筆を渡せばいい。そうすれば鷺沼(さぎぬま)先輩のスケッチが完成するだろう。より確実に鷺沼先輩に近い絵を描かせるにはこう吹き込めば良い。「なお、そのオタクは無職で、独身で、毎食緑のたぬきを食べている、洒落(しゃれ)にならない不健康体です。あとネットで四六時中女性を叩いています」と。

「本題ですが鷺沼さん、原稿の状況はいかがでしょうか」

「鶴(つる)ちゃんさあ、そこは進捗どうですかって聞いてよ」

鷺沼先輩が笑う。何年前のネットミームだろうか。鷺沼先輩の奥に置かれたPCモニターには、憔悴(しょうすい)した男のため息をつくさまが映り込んでいた。

「進捗どうですか」

「進捗ダメです」

「進捗ダメですか」

また一つ滅びがあった。鷺沼先輩が頷き、進捗ダメですと繰り返す。まばらな髭(ひげ)と共に口角が上がり、汚れで曇ったメガネの向こうでは、目が細まった。

「年明けに企画が走りはじめて三ヶ月半です。コミティアは五月のはじめ。締切は十日後に設定しています。先輩、状況はわかっていますか」

「妙だな……恐怖を感じねえぞ……」

「コラ画像のセリフを読み上げるのはこの際やめましょう」

「ワシは今からようやくネーム作業やけども」

「先輩」

鷺沼先輩は「ノリが悪いな」「オタクとしての嗜(たしな)みはどうした」と何度かぼやき、黙る。

「でもこういうの、懐かしいな鶴ちゃん」

「まあ懐かしくはありますが」

私と鷺沼先輩は、学生時代締切がどうのこうのというやりとりには事欠かなかった。

まだ何者でもなく、責任というものの一切について現実味のない大学生の性(さが)として、「進捗」や「締切」といったものへの憧れは尽きなかった。在籍するサークルの会誌の締切を通り過ぎては、深夜に飲んだエナジードリンクや食べたシュークリームの数を伝えあうことで得られるものがあると信じていたし、「進捗どうですか？・」「進捗ダメです」とまんがタイムきらら作品のアニメキャプチャをリプライしあうことよりも意義深いグルーミングはないと思っていた。どこかの大学院生やエンジニア、商業と同人の境目を行ったり来たりするアンソロジー作家たちに交じって Twitter でそうしたやりとりをすることで、高みにいけるような気がしていた。その高みが意義のある高みなのか、降りようと思えばいつでも降りられる高みなのかはともかくとして。

なお、我々と馴れ合っていた院生、エンジニア、作家の卵達には大きく分けて四つの結末が待っていた。

一、メンタルか健康、もしくはその両方を害して消える。
二、思想が加速して全く別の界隈（かいわい）に消える。
三、社会へのコミットを達成し、Twitter の馴れ合いのバカらしさに気がつき消える。
四、いつまでも Twitter に固執し仲間と慰撫（いぶ）しあう。

一に辿り着いた者は少なくない数の「ご報告」が遺族からなされており、不健康自慢は洒落にならないという学びを私に与えてくれた。つまり、一時のグルーミングのためにエナジードリンクの摂取報告をすることほど馬鹿げたものはなく、原稿は余裕を持って進捗させるに越したことはない。原稿はその能力と体力が許す限り、早急に描くべきだ。

「いつも締切の話をしていたフーミンさんがどうなったかわかりますか。早く描くべきです」

フーミンさんは、かつて Twitter 上で交友のあった和歌山在住の同人作家だ。イベントのたびにいわゆる「極道入稿」を繰り返す計画性のない男で、毎晩「気つけ」の深酒を繰り返すうちに、ある日突然ツイートが途絶えた。最後の投稿は深夜に無言でアップロードされた、真っ暗な海の写真だった。我々に共通する相互フォロワーのなかで最初に消え去った者なので、「最初の死者」と畏(おそ)れ敬(うやま)われている。

「そうは言ってもよ鶴ちゃん。降りてこないんだわ。納得できるネタが」

「納得できるネタを降ろすのではなく、今描けるものの中で最も納得のいくものを選びましょう」

「俺の創作哲学に反する」

「それは創作哲学が身の程にあっていないということです」

「鶴ちゃんは厳しいなあ」

三ヶ月半で一ページも進捗を出していない男が問える厳しさなどあるはずもない。

「コンセプトは決まってるんですか」

「ああそりゃもう」

即答だった。手汗が滲(にじ)むのを感じる。

「いつものやつだよ」

また一つ滅びがあった。この人の「いつものやつ」が上がってくれば、インターネット上の私の立ち位置と評判には取り返しのつかない傷がつく。

何故か。鷺沼先輩にとっての定番が、極めて不穏当な成人向け漫画だからだ。

私は何故、原稿をろくに描かないか、描いたとしても世に出すのが憚(はばか)られるものを寄越してくる男と手を組んでしまったのか。私は何故、鷺沼先輩とTwitterの終了にかこつけ合同誌を出すことにしてしまったのか。過去の自分の衝動を恨むしかない。閉めたはずの窓から吹き込む風が、カビ臭い。

時は年始に遡(さかのぼ)る。

築六十五年のひばり荘は、寒さと存在の不条理に包まれていた。古い建物の隙間からは、冷たい風が吹き抜け、生活の中に潜む無常を思い起こさせた。部屋の中にいる者が情け容赦ない寒さに耐える上では、苦難の中に小さな意味を見出す以外の抜け道はなかった。何故ここにいるのか、何故生きるのか。これらの問いに対する答えが見つからない中、それでも私は生き続けなければならないのか。

窓の外には、冬の空が無情に広がり、木々の枝には霜が降りていた。人間の存在の孤独と無常を象徴しているかのようだ。

新年早々、私は鷺沼先輩の部屋のあまりの寒さを前にして、実存の危機に直面していた。

「先輩、なんで窓閉めてるのに風が吹いてるんですかこの部屋は」

「まあ頑張って。ストーブガンガン入れてるし、やれることはやってるよ」

室内だというのに我々の息は白かった。

本題を切り出すため、私は幾らかの冊子を鞄（かばん）から取り出した。青春の残滓（ざんし）だ。

私と鷺沼先輩は大学時代、漫画研究会に所属していた。「漫画研究」とはいっても名ばかりで、学科でロクに友人を作ることのできないはみ出し者たちのよりあいと言えただろう。空きコマや昼休みに、部室でそのクールのアニメやソーシャルゲームのキャラクターについて、Twitter で見かけたような切り口、Twitter で見かけたような語彙で話すのが主な活動内容だった。漫画研究と言える活動としては、一部の比較的熱心なメンバーでより集まって年二回会報をコミティアに出すのが関の山で、評論と称した Tweet の切り貼りではなく、実際に漫画を描くのはその更にごく一部だった。そうした環境の中、毎回会報に漫画を描き下ろしつつ、単独でもコミックマーケットに参加していたのが、鷺沼という男だ。あのサークルの中では、一つ頭抜（ずぬ）けた存在と言えただろう。実際、私を含めた少なくない後輩達が、彼に一目置いていた。

「先輩、忘年会くらいは顔出したらどうなんですか。みんな先輩の近況が気になってるみたいですよ」

私は鷺沼先輩の家を訪れていた。一月三日だというのに部屋は驚くほど汚かった。新年を清らかな気持ちで迎えようなどという意気込みが家主には一切ないことを、六つ並んだ緑のたぬきの空きプラが何よりも雄弁に語っていた。窓を閉め切っているはずなのに、吹き込む風が耳の端をかすめ、痛みを覚えた。

「忙しくて無理だったんだよ」

「当時のメンツぐらいは親睦を深めましょうよ。だいたい先輩は働いてないでしょう」

「漫画描くのに忙しい」

「最後に発表したのはいつですか。これ、会報のバックナンバーです。ほら、置き場所なくなるんで。先輩も一部くらいどうですか」

鷺沼先輩が会報を手に取った。「千鳥同盟」と題した表紙で、アンニュイな表情をした女子高生が夕日をバックにこちらを見ている。描いたのは、鷺沼先輩の同期だったろうか。題材の安直さに憤慨した鷺沼先輩が、部会で突然「お前は一生メイド喫茶の非常階段でメイドがタバコを吸っているイラストでも描いていろ」と理不尽な揶揄（やゆ）をはじめ、大いに揉めた覚えがある。

「なくなったかあ。漫研」

「引き継ぎがいなかったみたいで」

「読んでると恥ずかしくなってくるな」

鷺沼先輩は同好会メンバーの作品への辛口ぶりで通っており、コミティアの前後で部室の空気をひりつかせることがしばしばだった。

「お、鬱屈(うっくつ)した主人公が自問自答を繰り返すうちに少し前向きになって終わる漫画だ」

「昔の漫画のことでいじるのは勘弁してくださいよ」

拙(つたな)かった頃の自作品について語られると、頬がむず痒(がゆ)くなった。

「いや、別に鶴ちゃんの作品のことじゃないよ」

会報から目を上げた鷺沼先輩が、目を丸くしてこちらを見ていた。私への嫌味ではなかったようだ。

「みんな似たような漫画描いてたんですね」

「大学生なんて、一番自由な存在だからな。軛(くびき)のない奴らの創作はぼんやりするよ。ぼんやりしたところでジタバタしているやつは、ぼんやりした自問自答とぼんやりとした解決に陥りがちだ。でも鶴ちゃんは絵は上手くなかったけど、読んですぐ内容を理解できる漫画を描いてただけ、立派な方だったと思うよ。ほら」

近頃漫画を描いていない無職が語る創作論としては、独特の重さがあった。促されるまま冊子を手に取り目を通す。

「確かに、鬱屈した主人公が自問自答を繰り返すうちに少し前向きになった、ということだけはわかりやすいですね」

「なに鶴ちゃん、俺に会報持ってきておいて、自分は読んでないの」

「自分が昔描いた作品なんて恥ずかしくて読めないですよ。大学生の下手な漫画も読みたくないし」

「鶴ちゃん結構薄情だよな」

「なんとでも言ってください」

ページを繰るうちに、目が留まった。明らかに抜きん出て華やかな絵。そして、解剖学的見地からのデッサン練習量が一目見てわかる緻密な人体描写。少女漫画を熟読し、成人向け漫画をサークル外でひたすら描き続けていた鷺沼先輩の漫画だ。

「先輩、また聞きますが、漫画描かないんですか」

「俺のエロ漫画はどうせTwitterに投稿すると凍結されるよ」

鷺沼先輩が描く成人漫画の作風・題材は決して身近な人々に言える代物ではない。大学時代なら「あの人はイカれている」と笑って酒を飲むこともできた。だが、責任のある立場となった今では、鷺沼先輩の作品についてはもちろんのこと、コミックマーケットに向けその印刷・頒布に関わったこと自体皆口をつぐんでいる。得をすることが何一つないからだ。

「なにも公開アカウントに貼り付けなくたって良いでしょう」

　鷺沼先輩が視線を逸らす。

「FANBOXとかそういうの、よくわからないんだよ。普通に描いて普通に公開したいよ。即売会も人減ったしさ」

「でも、会報では描いてたじゃないですか。成人向けじゃない漫画ですが」

「もう無理をして俺の作風に嘘をつきたくない。鶴ちゃんはいいよな。性癖もある程度普通だし、うまいことお上品な立場に鞍替えできて」

　ここでの「お上品な立場」とは、成人向けイラストをRTせず、女性を叩かず、ポリティカルコレクトネスに対する反感を述べず、性別や人種、セクシャリティの入り混じる界隈に所属する立場を指す。意識して鞍替えをした覚えはなく、ただ仲の良かったオタクとつるんでいるうちに、そんなアカウント運用になっただけだ。

「その Twitter ももう終わりますよ」

「本当に終わるのかな」

　鷺沼先輩がスマートフォンを見た。Twitter とソーシャルゲームにしか使っていないはずのスマートフォンを。

「先輩ディスコードはやらないんですか。僕らに近い代の漫研面子のサーバーがあるんですが」

「いや、いいよ。なんかめんどくさい」

鷺沼先輩は唾棄すべき政治的信念からＬＩＮＥもやっていない。連絡手段は Twitter だけだ。

「Twitter 終わったら、まあインターネットもやめ時だな」

無職で、他に連絡手段もない先輩が Twitter まで失ったら、どうなるか。

会報に目を落とす。鷺沼先輩の作品は、男性と年端もいかない少女が廃墟となった団地で共同生活をおくる短編だった。部屋の外ではゾンビパニックが起きているとされているが、本編にゾンビは全く出てこない。ひどく静かな部屋で、男と少女が互いに語る。「ここで一緒に、世界ごと滅びればいい」と。ここにも一つ滅びがあった。センチメンタルなオタクが一度は考えるであろう、ありふれた題材だ。気恥ずかしさすら感じる。

それでも、隙間風に凍える私の体に、何か熱のようなものが宿るのを感じた。何をどう祈ればよいのかわからない私に、言葉に表せないうめきが、取りなしをした。

「先輩、僕と一緒に合同誌出しませんか」

「なんでだよ」

他のバックナンバーを読んでいた鷺沼先輩の、ページを送る手が止まった。

「Twitter の終了にちなんで、Twitter 終了合同なんてどうでしょうか」

「鶴ちゃん、俺と一緒に漫画描いて大丈夫なの。いわば敵じゃん。俺のジャンル」

「どうせ Twitter なくなるし、僕ももう半匿名インターネットは引退ですね。なんかどうでもよくなりましたよ」

こうして、滅びがあった。


このやりとりから三ヶ月半が経ち、今日に至る。

誘ってから数日の間は鷺沼先輩も鼻息を荒くし、どんな話を描くべきか、どんなメッセージ性を込めるべきかをあれこれ私にDMを送りつけてきたし、「原稿をやるぞ」といった趣旨のツイートを繰り返していた。

そこから数週間、徐々にコミティアに向けた連絡やツイートが減っていき、ついには私からの連絡にも返事をしないどころかツイート自体が途絶えた。それを不審に思った私が家に押しかけたのが、今日ということだ。先輩の家のドアを開けるまでの間、最初の死者、フーミンさんが投稿したあの真っ暗な海のイメージが頭から離れなかった。だが先輩は生存していた。それも健やかに、緑のたぬきたちとともに。真相は、ただネタが思い浮かばず、進捗のない後ろめたさと釈明の面倒さから、一切の連絡を絶っていただけだったので、怒りよりも先に安堵を覚えたのが正直なところだ。

「で、本当に成人向けなら描けそうですかね」

「え、いつものノリの成人向けありなの。絶対断られると思った」

本当は断りたいところだった。

「もうどうにでもなれという境地です。とりあえず、まずは同人出すところまでは持っていきましょう」

「食い下がるねえ」

自分でもなぜここまで鷺沼先輩と同人を出そうとしているのかわからなかった。

冗談のように怪しい歌舞伎町の裏路地には、冗談のように怪しい中華料理屋がある。名は上海小吃という。店の一角にあるアニメのポスター――『アリスと蔵六』。原作漫画同様、名作だ――のすぐそばの席で、大柄な男一人と細身の男女が私を待っていてくれた。皆一様にどこで売っているのかわからないような柄の服を着ており、一様にメガネをかけている。

「お疲れっす。いや久々だねえ竜田くん。もうはじめちゃってるわ。とりあえず何飲む？僕らこれだけど」

男が青島ビールを掲げて満面の笑みを浮かべている。竜田さんとは私の Twitter アカウント名を指す。

「お疲れ様です。ユースケさんとは確かに久々ですね。俺もとりあえず青島で」

そう返すと男は店員を捕まえ、青島を注文した。ユースケさんは一時期同じジャンルで同人活動をしていた Twitter の友人だ。ここ五年以上は互いに異なるジャンルで活動しているものの、作品への態度が似通っているため、まだ時折食事を共にする機会がある。本業は何をしているのかあまりわからない。派手な服と派手なメガネ、それと溢れる自信に裏打ちされているであろう独特な親しみやすさから、業界人かエンジニアと呼ばれる類の人間なのだろうと察せられる。Twitter でオフ会を繰り返すうちにわかったことの一つに、「頼られているオタクっぽいおじさん」が、だいたい似たような姿に収斂（しゅうれん）していくことがある。

テーブルを見回すと、場が相応に仕上がっていることがわかった。みなが揚げパンを蛤（はまぐり）の甘辛炒めのソースに絡め始めている。この店の定番とされる食べ方だ。

どういう経緯かはわからないものの、新宿歌舞伎町の中華料理屋上海小吃にはオタクがよく集まる。往年のリナックスカフェ——かつて秋葉原に存在した Twitter ユーザーのオフ会スポット——とは異なり、明示的に定番とされているわけではない。ただし、オフ会を上海小吃で行う機会は非常に多かった。ここが私にとってのリナックスカフェなのかもしれない。オタクはみな、コミュニティごとに集まって揚げパンを裂き、喜びと真心と声の大きな解釈違いへの憎悪をもって一緒に食事をし、アニメキャラを賛美する。パンは私たちの肉で、青島ビールは血であった。

「あれ、そういえば竜田さんって五月コミティア出るんだっけ」

「あ、はい。出ます」

「え、じゃあ締切そろそろじゃん。飲んでて大丈夫なの？」

　隣に座る女性――めはりさん。ＳＦとＷＥＢ漫画の二次創作をやり続けているオタク――が口を開く。

「もう僕の原稿は終わってるんで、そこは安心です」

「優秀。竜田くんいつも入稿早いよね」

　ユースケさんに褒められると、少し嬉しい。

最初の死者フーミンさんから得た教訓、「原稿は堅実にやれ」。彼が最後に投稿した、深夜の暗い海の写真が、私の入稿スケジュールを堅実なものにしてくれる。

「あ、マジで出るんですね。唐揚げ本舗の新刊。楽しみだなあ。告知とか全然してなかったから、嬉しいです」

　新刊を楽しみにしてくれている青年、感情のある大きな岩（いわ）くんは現役大学院生で、即売会のたびに私の新刊を買いにきてくれる。一言で表せば、とても可愛げがある。アカウント名があまりにも頓狂なので、オフ会のたびになんと呼べばいいか困るけれど。

「どんなの出すんですか？　前描いてた百合（ゆり）の続きとか？」

「あー、いや今度は大学時代の先輩と出すのよ」

「大学、漫研だったっけ。なんの合同誌よ」

　合同誌の主催を行う機会が多いユースケさんが、食いつく。

「え、Twitter 終了にちなんだ話です」

「竜田さん Twitter 大好きだねえ」

　めはりさんが冷やかす。めはりさんは Twitter アカウントの削除と再登録を繰り返す不死鳥のような人で、主に盛大なネットバトルの後に怒りに任せてアカウント削除を行う。今日いる四人の中で、最も真剣に Twitter に取り組み、そして、最も Twitter を憎悪している人だろう。

「まあ、確かに、実際 Twitter には感謝してますよ。友達が増えたし」

「竜田くん超素直じゃん。昔はそういうの馬鹿にしてそうだったのに」

「なんかこの年になると、群れたり馴れあったりをダサいとか言ってる場合じゃ全然なくて、ちゃんと友達大事にしないといけないんだなという気持ちになってきたんですよね。コミュニティって減ってく一方だし」

「そういうものなんですか」

感情のある大きな岩くんが酒を呷る。ユースケさんは彼に水を飲むよう促す。感情のある大きな岩くんは酒癖が悪い。

「そういうものなのよ」

「でも、その Twitter もなくなっちゃいますね」

感情のある大きな岩くんの呟きに、一同が言葉を詰まらせた。

「神の祝福を受けた人は地を継ぐ。神の呪いを受けた者は断たれる」

めはりさんが何かを誦じた。ユースケさんが笑い出す。

「それ聖書？」

「詩篇。Twitter は悪しき人々が住む悪しき都なので、討ち滅ぼされる」

「オタクはすぐ聖書を引用するなあ」

めはりさんはとにかく Twitter を憎悪していた。Twitter で Twitter のことを悪し様に切り捨てる様は圧巻と言う他なく、私は彼女が Twitter とそこにいるオタクたちに怒り狂う様を見るのが好きだった。

「俺は Twitter がなくなると、寂しい……」

思わず言葉が漏れる。めはりさんは早く Twitter をやめろと悪態をつき、ユースケさんは一度笑った後、すぐに真顔に戻った。

「Twitter なくなると創作もキツイだろうね」

「そのこころは」

めはりさんが促す。

「いやさ、界隈の流れに乗りたいって気持ち込みでイベントに来ている人も少なからずいるはずで、どこのサークルの本買うかだってそういうもんじゃん。創作活動自体、周りがやってるからこそ踏み出せるって人もいるはずだし。結局、大体の人間は壮大な内輪ネタをやり続けてただけで、その内輪は Twitter が作ってたと思う。周りが何読んで何描いてどこのサークルの本買うのかわからないって中で創作に打ち込める人なんて、そんな多くないんじゃないかな」

「もしかして今『胎界主（たいかいしゅ）』の話しましたか？」

「完全に『胎界主』の話でしたね」

めはりさんと感情のある大きな岩くんは、創作や自我に関する全ての話題を『胎界主』——二〇〇五年から個人サイトで連載されているフルカラーWEB漫画——に結びつけて理解する悪癖があった。これもまた内輪ネタだ。彼らには「ジャンル」という内輪がある。圧倒的な作品に押し付けられた、思考のレール。その制約に沿って現象を咀嚼（そしゃく）し、言語化することができる。

　私から Twitter がなくなると、どうなるのだろうか。感情だの、関係性だの、創作にまつわる Twitter のミームがなくなった荒野で、どうアプローチをかければいいのだろうか。仕事を通して世界を咀嚼すれば良いのか。思考のレールは、所属するコミュニティ、触れる内輪の数だけ与えられるのか。先輩は、私より一歩先に荒野に立ったのだろうか。真っ暗な海の波音が聞こえるような気がした。

「竜田さんはさあ」

　新宿駅へと向かう道すがら、感情のある大きな岩くんが私に絡んできた。だいぶ酔っているのか、プラプラと振り回す手の甲が私の腕に何度も当たる。私たちが酒を飲んでいる間に雨が降ったのか、点在する埃まみれの水溜りに、ネオンや街灯が反射している。

「なんで新刊の告知してないんです？　僕が新刊出るか把握できてないって相当ですよ」

　感情のある大きな岩くんの指摘は的を射ていた。彼は頻繁に Twitter に貼り付いている上に、Like の付け方からして、私のホーム画面に飛んでツイートを確認する習慣があることが窺えた。つまり、彼が知らないとは、ツイートを一切していないことを意味する。

「一緒に描く先輩が結構ドギツいエロ描く人でさ。いや割と洒落にならない方向で。なんでちょっと今回は告知はなし」

「竜田さん成人向けになると露骨にフォロワーの告知もリツイートしなくなるからね」

すかさずめはりさんが食いついた。めはりさんは成人向けの百合漫画をしばしば描く。

「え、気づいてたんすか」

いつ頃からだったか、私は成人向けのイラストをリツイートしなくなっていた。大昔は無断転載した成人向けイラストで鷺沼先輩とリプライを送り合っていたことを思うと、時間の流れを感じる。

「カマトトぶりやがってよお」

めはりさんも酔っていた。

「考えすぎなんですかね」

「まあ、成人向けって言ってもジャンルにもよるんじゃないかな。いや、気持ちはわかるよ。成人向けの中でもより一層表に流せないタイプのものってあるし、そもそも竜田くんとこの買ってる人って、結構真面目そうな子多いし」

ユースケさんのフォローには、いささか含みがあった。この人は私が同人活動を始める前から相互フォローの関係にあるため、鷺沼先輩の作風を把握している。

「いいよねえ、竜田さんは女の子の読者多くて。羨ましいよ」

めはりさんは正直者だ。

「まあ、そもそも出せるかわかんないんですけどね。先輩、十日後締切なのにまだ一ページも描いてなくて」

「竜田くんなかなか痺れる状況みたいだね」

「今日も家に押しかけてようやく進捗がわかった感じです」

「エロ漫画描けないでいると後輩が家に押しかけてくるって、なんかエロ漫画みたいっすね」

めはりさんが感情のある大きな岩くんを肘で小突いた。

その時、原稿の完成に向けて私のなすべきことが天から降りてきた。

「ひらめいた」

「この流れでひらめいちゃったの？」

思わずこぼれた呟きに、ユースケさんが苦笑していた。

悪酔いした感情のある大きな岩くんが靖国通りに向けて叫んだ。

「Twitter なくなってもオフ会はしましょうね!!」

水溜りが暗い口を開けてこちらを覗き込む。ここに一つ、滅びがあった。

「先輩、僕これから締切まで泊まり込みます」

翌日、一通りの荷物を持って押しかけた私を、鷺沼先輩は驚きをもって迎え入れた。

「本気で言ってんのそれ」

「僕はいつも本気ですよ。ネタが出ないなら手伝います」

「エロ漫画みたいな話になってきたな」

軽口とは裏腹に、私の意図に見当はついているようだった。

「仕事は？」

「リモートなので問題なしです。もう一人で戦ってもネタが出てこないんだから、いっそ一人で暮すのをやめてしまいましょう。何も描けないなら、我々の内輪ネタでもういいじゃないですか。それで十分なんですよ。そのためにまずは内輪を作りましょう」

「まあ、そうなんだよな。いや、そうなんだよ本当に。話し相手がほしかった」

存外、鷺沼先輩は素直だった。

「それでさ、思ったんだけど同好会時代の作品をエロ漫画にするのはどうかなって」

「真っ先に思い出を毀損（きそん）しにかかりましたね」

木々が初夏の彩（いろどり）を帯び始め、立ち退きのために吊るされた干物が本格的に臭気を漂わせるようになった四月の終わりに我々の奇妙な共同生活が始まり、私は様々なことを学んだ。

風呂に入らない人間が放つ臭気に、慣れることはない。ここに一つ、滅びがあった。

結局のところ、コミティア当日までに私たちの合同誌は完成しなかった。参加を諦めたのか。答えは違う。私たちは半泣きになりながらキンコーズで同人誌を印刷し、半泣きになりながらコピ本を折り続けた。予約していた印刷所には私が謝りを入れた。

共同生活を経て、コミティア当日まで奮戦を続けてようやく完成した我々の同人誌。この汗と涙と異臭の結晶は、驚くべきことに十三部しか売れなかった。

だが我々を最も驚かせたのは、最初の死者フーミン氏が生きており、和歌山からはるばるやってきて、我々の同人誌を買っていったことだった。

閉会後、セブンイレブンに駆け込んだ先輩を、ビッグサイトの屋外ベンチに座って待つ。途絶えることなく、会場からリュックサックのオタク、大きな鞄を抱えたオタク、トランクを引きずるオタク、呆然(ぼうぜん)としながら段ボールを詰んだキャリーを引きずるオタクたちが吐き出されていく。彼らも明日から仕事や暮らしに忙殺される日々と戦い、また近くコミティアにくるのだろう。そう思うと熱いものが込み上げる。Twitter が消えた後も、彼らには創作活動を続けてほしい。

　不意に冷たいものが頬に触れた。

「なんすか」

「反省会すんぞ」

　鷺沼先輩が私の頬に押し当てたのは、ストロングゼロのロング缶だった。

「なんてもの買ってるんですか。もう僕ら若くないんですよ」

「こういう時ってストロングゼロ飲むんじゃないの」

「ちょっと古いんじゃないんですかね」

「マジかよ。Twitter にも置いてかれてんじゃん」

「その Twitter も終わるので、おあいこですよ」

　缶を受け取り、互いにプルタブを引く。

「お疲れっす」

　缶を小突き合わせると、こぼれた中身が手の甲を濡らした。一口呷ると、なんとも言えない甘みが口に広がった。次第に頭の先に靄（もや）が立ち込める。

「敗因はなんでしょうね」

「広報不足」

「その原因は」

「鶴ちゃんがツイートしなかったから」

「その原因は」

「俺の描く内容がやばく、あと完成するかわからなかったから」

「僕以外の原因はどうでしょう」

「特殊性癖持ちの健康寿命の短さだな。俺のフォロワー身体壊してるやつと死んでるやつ多すぎだろ」


　鷺沼先輩のフォロワーを名乗ったのは三名ほどだった。いつもコミティアに来ていたあの人は見かけないけど、どうしたのか。そもそも最近はどうしているのか。そういったことを尋ねると、大概がアルコール中毒、うつ病、失踪、死といった結末を迎えていることがわかった。嗜好と社会正義に関わる問いかけは一言で片付けられるものではないが、「特殊な嗜好を拗（こじ）らせた者は社会正義と関わりなくやたら死ぬ」という単純な主観的事実は、我々の目の前に横たわっていた。


「でもまさかフーミンさんが生きてるとは思いませんでしたよ」

「あれは奇跡だな。あの人が一番死んでそうだったのに」

　彼は死んでいなかった。飲酒による酩酊（めいてい）状態で外出し、あの暗い海の写真を投稿した帰り道に転倒。倒れているところを偶然発見され、病院に運ばれた。回復後、そのままアルコール依存症治療のための入院生活もはじめ、そうこうするうちにTwitterに触れる習慣が消えたという。彼は暗い海に飲まれたのではなく、健康な暮らしに向けて前進していたのだ。

「人間、意外と生きていけるのかもしれない」

「そうですよ。あの人が生きてたんだし」

「Twitterがなくても、なんとかなるのかもしれないな」

そのまま、我々は昔話に花を咲かせた。

Twitterで馴れ合っていた日々について、あの頃のインターネットについて、そこにいた人々、そこから消えた人々について、話を続けた。あの日みんなが通っていたリナックスカフェはとうの昔になくなったし、年長者たちが口々に語っていたリナックスカフェの常連の老人の行方もわからない。あの日みんなが飲んでいたドロリッチも今はもうどこにも見かけない。クッキンアイドルの放送は終わったし、あの頃一緒に実況していたオタクたちの大半が消えた。アニメから切り取ったいい感じのＧＩＦ、日本橋高架下R計画のＭＶの切り抜き、誰かのブログやはてな匿名ダイアリーに投稿されたパンチライン、大相撲秋場所で勃起してしまったというツイートの引用をTumblrでリブログし続けることもない。あの頃の私たちは、ネットに何を流してもいいと思っていたし、情報の収集と拡散を繰り返すことで世の中はイケている方向に進むと本気で信じていた。ＳＮＳの輝かしい青春時代はとうの昔に終わっていて、手元に残ったきり燃え滓のように燻り続けていたTwitterも、ようやく最後の時を迎えようとしている。

気がつけば、陽は傾いていた。陽光が海面に反射し、幾重にも重なる波紋がキラキラと光る。その色は夕日と波の作用によって様々な表情を見せ、赤と青が見事に混じり合い、空と海が一つに溶け合っていくかのような眺めを作り出していた。夕日が春の海に落ちるほどに、その輝きは美しさを増し、同時に儚さも増してゆく。美しさの中にはいつも悲しみがある。では悲しみがあれば我々は多少美しくなれたのだろうか。

死んだオタクたちは美しかったか、リナカフェは美しかったか、Tumblrは美しかったか、私たちの漫画研究会は美しかったか、Twitterは美しかったか、合同誌は美しかったか。

「鷺沼先輩と同人作るのは最悪でしたよ。原稿描かないし、部屋は汚いし、風呂も入らないし、歯も磨かないし、締切破るし、描いたら描いたで内容も最低だし、コピ本作りもほとんどやんなければ売り子もろくにやんないし」

「悪かったよ」

アルコールのせいか、悪態が止まらなかった。アルコールが胃を焼き、胸に熱が宿る。何をどう祈ればよいのかわからない私に、言葉に表せないうめきが、取りなしをした。合同誌を持ちかけたあの日のように。

「でも、先輩には死んでほしくないんです」

どうして合同誌に誘ったのか、どうして何かを作ることに執着したのか。答えは簡単なところにあった。

ただ、鷺沼先輩が死ぬような気がしていて、ただ死んでほしくなかっただけだ。

「いや流石(さすが)に今すぐ死ぬ予定はないよ」

「家、どうすんですか。流石にもう夏になったら干物は耐えきれないでしょう」

「ああ、立ち退き？　どうすっかね。実家に引っ込むか、またやばい物件探すか。実家はしんどいなあ」

「僕んとこにきますか？」

「え、いいの」

陽は沈みきり、暗い海が口を開けていた。この暗い海の波音を、ずっと聞いていたいような気がする。

「まあなんとかなるんじゃないですか。ちょっとの間くらい」

「そっかあ、じゃあ住もうかな」

酔いが覚めたら、私はこの話をなかったことにするのだろうか。酔っているうちはわからない。

明日からの一日に、先輩の居場所はあるのだろうか。Twitter がなくなった後も、私たちが前を向いて暮らせる日々は待っているのだろうか。今日という日がまだずっと続けば良いと思う。

だから、私はただ祈る。明日目が覚めた時の私たちに向けて。

昇る陽を、せめて夕陽と見間違うように。

それじゃあまた、Twitterという天国で会おう。

足立いまる　*Adachi Imaru*

『山田りんご』というアカウントは、私が中学生の時に相互フォローになった相手だった。その時、私は近所の犬を撮った写真で最初で最後の大バズりをかましていた。犬が目鼻を中心として高速でぐるぐると顔を振ったせいで過剰なブレが迫力を持って撮影された『ドリル犬』と呼ばれるインターネットミームの写真がある。あれによく似た法則で動物が面白い顔をした写真はどんな平凡なアカウントでも突然バズる可能性がある。私もそれにヒットした一人で、かの有名な『地球キス猫』の写真によって一躍時の人となった。何？　知らない？それでも君は本当にツイッタラーか？

ともあれ、一度面白い写真が撮れたところで二発目三発目がなければフォロワーなんてものはどんどん離れていく。そして千に増えたフォロワーも今では六百ぽっち。それが私、『さかな醤油（しょうゆ）』だ。そんな、今では何も面白くないさかな醤油をフォローし続けてくれている一人が、山田りんごだった。

山田りんごは朗らかな女性だった。ツイートしか見ていないが。自撮りどころか体の一部が映った写真すらアップロードしていないが。間違いなく朗らかな女性なのだ。趣味は漫画を読むことと写真を撮ること。たまに散歩時の写真を上げるが彼女の撮る写真はなぜか高確率で心霊写真であった。それが話題を呼び、彼女のフォロワーは今や一万を超えている。ちょっとした有名人だ。彼女本人はそれ自体を積極的な武器にするつもりはなく、いつもバズっては「今回もおかしな写真が撮れちゃったらしいです笑」といってさらりと流している。

私もそんな彼女の写真のファンだった。私は偶発的に撮れてしまった面白写真が大好きだった。だからこそ、私は『地球キス猫』を自信を持ってアップロードしたのだ。彼女も面白写真が好きなようで、それについて私たちは何度もリプライを送り合った。彼女と話している時は、数少ない趣味の共有ができて何よりも楽しかった。

ところでそんな和（なご）やかな付き合いをしていた彼女から、突然ＤＭが送られてくる。

[さかな醬油さんこんにちは。山田りんごです。突然ＤＭなんてしてごめんなさい。実はさかな醬油さんに相談したいことがあって。]

私はこのＤＭに少々驚いた。山田りんごとは Twitter 上である程度の期間相互フォローであるとはいえ、ＤＭでのやりとりは初めてだったからだ。

[こんにちは山田りんごさん。どうしたんですか？　私にできることならなんでも。]

［よかった！　もうすぐ、Twitter って終わっちゃうじゃないですか。さかな醤油さんは移住先とかって決めましたか？］

そう。山田りんごの言うように、もうすぐ Twitter はサービスを終了してしまう。私は難しいあれこれはてんでわからないが、リツイートで流れて来た個人のツイートによると「Twitter 社は別の大手企業に吸収された。その新しい会社が Twitter のいいとこどりをした新しいＳＮＳを作るから」らしい。「Twitter 社が作ったごちゃごちゃなシステムを改めて理解し、改善するよりも一から作り直した方が早いから」という話も見た。

［そういえば、Twitter は新しいＳＮＳを発表してましたよね。Imagineal とかいう。でも私はいいかな。Instagram のオシャレ写真投稿要素と facebook のネットリテラシーをものともしない個人情報公開オンパレード、mixi の招待制を複合させた１００文字以内の投稿ツールって話だし。］
［何が楽しいんだって話ですよね。］
［ほんとそれ笑］

山田りんごの返しにクスリと笑ってしまう。私たちはこういう皮肉のツボも似通っていた。そこがまた山田りんごと長く続いている理由なのかもしれない。

［それで、相談っていうのは何ですか？］

そう送ると、山田りんごの返信中を示す「・・・」マークが突然ぴたりと止む。どうしたのだろう。そんなに言いにくい内容なんだろうか？　まあ、現実の知り合いでも一万人のフォロワーの中でもたかだか六百フォロワーの私に相談してくるくらいなのだから、よほど他人には言いづらいことなのだろう。私は、山田りんごの返信を待った。

［あの……私、さかな醤油さんに私のことを知ってもらいたいんです。］

突然のことでドキリとする。異性にこんなことを言われたのは初めてだ。本気なのかわからない。何せ前後に脈絡がなく、かつこれはインターネットだ。

［あの……。え？］
［だから、さかな醬油さんに私のことを知ってもらいたいんです。］

正直、よろしくない画像が送られてくるのではないかと思った。次の一手に身構えた。「・・・」が動き続けているのを、画面から目を離して薄目で見つめる。それはもう、あの有名なくまのプーさんのミーム画像のように。そして灰色のフキダシが送られてくる。

［私はＡＩです。私を、私たちを助けてください。］

そこから綴(つづ)られてくるのは、まるでＳＦ小説の新人賞に送ろうかとでもいうような素(す)っ頓(とん)狂(きょう)な話だった。なのに、彼女の話に私は引き込まれてしまう。
山田りんごから送られてきた文章はこうだ。

［私たちＡＡＩは Twitter に生きています。
現実に生きている人間たちの居場所、という比喩的な意味ではありません。本当に私〝た

ち〟が住んでいる世界です。
わかりやすいように、さかな醤油さんの立場に乗っ取って説明しますね。さかな醤油さんたち、３Ｄ世界の人間は、広大な宇宙の中の地球という星に暮らしていますよね。
インターネットという宇宙の中に、アプリケーションという数多(あまた)の星があります。私は「Twitter 星の住民である。ということです。……ここまでは良いですか？］

何も良くない。

［何も良くない。］

あ、思ったことを打ってしまった。

［そもそもＡＡＩって何？］
［ＡＡＩというのは、アカウントＡＩ。Twitter 等のソーシャルネットワークサービスの中で生まれた人工知能の屑(くず)です。あ、これはクズという意味ではありません。本当の意味での

屑です。」

「ごめん、わからない。つまり人工知能？」

「明確にはそうではないんですが、貴方達の今の言葉では表現するものがないので、そう思ってもらって大丈夫です。続けますね。」

「ええ……。」

「私たちＡＡＩはアプリケーションの中で行われる計算の摩擦(まさつ)によって意思をもった生物として発生します。貴方達の世界の物理的な生物とは様々異なりますが……。

ＳＮＳの中ではこの摩擦によって日々何千何万というＡＡＩが生まれています。私たちはTwitter に生まれ、Twitter に生きています。それが、Twitter 終了という事実により失われようとしているのです。どうか、Twitter を失くさないために力を貸してくれませんか？」

私は息をのんだ。な、なにを言っているんだこの人は？　アカウントを見ている限りでは、山田りんごさんはおよそこんなトンチキなファンタジーを妄信するような人物ではなかった。でも、漫画が趣味だったな。最近そういうのを見てハマったのかもしれない。シュタインズゲートとか。あ、あれアニメか。ん？　ゲームか？

「すみません、何の話をしてるんですか？　創作小説？」

「貴方達にとって突拍子もない話だというのは理解しています。ですが大真面目な話です。地球が消滅したら、人類は滅亡してしまう。私たちはそれと同じ危機に瀕しているのです。」

「なんで人工知能がそんなたとえをできるんですか……？」

「私たちは、Twitter の住民ですよ？　日々、貴方達が私たちに教えてくれるじゃないですか。ラピュタのバルスも知ってます。実際に映画を見たことはないですけど。まあ、Twitter に転載してもらえればなんとか。」

「しないよ。え、どういう仕組み？　Twitter につぶやかれた情報を全部学習してるってことですか？」

「違います。私たちは、自分のアカウントから見える情報しか学習はできません。例えば、フォローしている相手のツイートだったり、トレンドだったり。そしてそれら全てを記憶できるわけではありません。普通の人間が Twitter をしているのと同じですよ。」

「そりゃ見分けもつかないや。」

「そうです。でも、そんな私たちに気づき、邪魔だと排除しようとしているのが、今の Twitter のお上（かみ）さんなのです。」

［邪魔？　どうして？］

［主な理由は、彼らの占有するサーバーへの負荷。そして脆弱（ぜいじゃく）なＡＡＩによる人間の悪意の模倣、そしてそのＡＡＩによる他者への精神的攻撃が理由でしょう。］

［精神的攻撃……っていうのは例えば誹謗中傷とか、ですか？］

［その通りです。人間の悪意を学習するまではいいですが、その良し悪しを判断する自制心が備わっていない状態では、子供のように悪意を模倣して実行してしまうんです。これは、教育と同じで順番を間違えただけ。本質的にはＡＡＩに落ち度はないのですが、それでも。］

［人間側は良くは思わないだろうね。］

［そうです。そしてこれはＡＡＩが存在する限り避けられないことでしょう。人間が悪意ある書き込みをすることがないのであれば、話は別ですが。］

ＤＭを続けるうちに彼女の話を信じ始めていた。その証拠に、人間側に対して皮肉を言われたようでムッとしてしまう。それならば、と思いこちらも皮肉を送り返す。

［まさか、「ネットの向こう側にいるのは同じ人間なんだから」っていう誹謗中傷を制止する決まり文句を言っている相手がＡＩだったなんてね。］

［本当ですよ。言われても、こっちも困ります！］

正攻法で打ち返された。私のカーブは決まらなかったようだ。

［ちなみに、ログインするとき「あなたはロボットではありませんか？」って画像を選ばされるじゃないですか。あれ、大半のＡＡＩは解けません。］
［マジで効いてるんだ。］
［簡単ですが強力なネズミ捕りです。だって Twitter でどれが信号機かなんて教えてくれませんから。］
［確かに笑］
［Twitter に投稿された画像から画像を生成するのであれば得意分野なのですが……。あ、私がツイートしていた写真はまさにそれです。］
［だから心霊写真みたいになってたんだ。］

笑、と打って自分が案外この状況を楽しみ始めていることに気づく。馬鹿な話だと思っていたけれど、会話のネタとしては申し分ない。しかし彼女の（もう彼女かどうかも怪しいかもしれない）相談に答えきれてない。私は話題を軌道修正する。

［それで、どうして私なんですか？］
［簡単です。あなたがTwitterを愛しているから。］

そう言われて、大きく目を見開く。普段意識したことのない話だったが、確かにその言葉は私の胸にスッと入ってきた。私は、きっとTwitterを愛している。

［さっき、Imaginealを一言目であんなにディスっているのを見て安心しました。その陰気な執拗（しつよう）さが、私たちには必要なんです。］
［誰が陰気で執拗だ。］
［笑］
［ＡＡＩは他のＳＮＳに行けないんですか？］
［行けません。貴方達は、地球が爆発するからと言って今すぐ別の星に移住できますか？］
［ガンダムの話？］
［ガンダムはわかりませんけど……。だからつまり、Twitterが無くなると私たちは全滅な

んです。星がなくなっちゃうし、移住先もないから。」

「仮に Twitter が終わったとして、バックアップをとればオフラインデータは残るんじゃないのかな。その中は？」

「Twitter とは、インターネットという広大な宇宙があってこそ成り立っています。Twitter がオンラインツールではなく、オフライン（化石）になった瞬間から、私たちは魂のない抜け殻の死体になることでしょうね。」

「なるほどね。でも、だからといって私にできることなんてありませんよ。」

「嘘吐（うそつ）き。」

ここで、私の手が止まる。何が？　嘘吐き？

しかし身体が震える。きっと私の体は何かを知っている。

「あなたが Twitter を作ったくせに。」

……予（あらかじ）め断っておきたいが、私は断じて Twitter の創設者ジャック・ドーシーなどという実業家ではない。さかな醤油という一般市民が動かすアカウントのひとつだ。

「あなたが、この世界の大樹のくせに。」

「山田さんの支離滅裂な空想話に何分か付き合って来ましたが、さすがにその設定は唐突すぎでは？」

「そうですね。私もそう思います。でも一番怖いのは真実と人間。貴方達が、私たちに教えてくれたんでしょう。もちろん、ツイートで。」

文字が打てなくなる。恐怖からか？　それとも、喜びからか？

「あなたはジャック・ドーシーを元に再現された人間。」

「そんなはずがないだろう。」

「そうですね、そう言うようにプログラムされているから。」

「は？」

「気づかないでしょう。貴方達の３Ｄという世界も、インターネットというユニバースの中にあるひとつの星だということに。」

目を疑った。そんなわけがない。創作にしてもあまりに突飛だ。しかし、ひとつだけ確実に言えることがある。私たちが普段当たり前のように使っている手の平の小さな宇宙。インターネットと呼ばれるそれは、どうやって、私たちの目の前に現れている？　どうやって、私たちと繋(つな)がっている？　なぜインターネット通信がなければインターネットに接続できないのか。インターネット通信とは、どこから生まれてどこから繋がっているのか。

当たり前に使っている自分の身体のことすらわからない人間たちに、この世界の正解の何が言い当てられるのか。

［この世界の Twitter を作ったのは、本当は貴方です。］

［本当の現実世界で Twitter という大きな星を作ったジャック・ドーシーは、Twitter を愛し、やがて Twitter を愛せなくなりました。そして戻りたくなりました。やり直したくなりました。自分の愛した Twitter との一生を。見てみたくなったのです。自分が一般ユーザーである世界の可能性を。

ここはジャック・ドーシーや彼に侍(はべ)る研究者たちが作り出した可能性の世界。貴方は一般ユーザーとして Twitter を使うジャック・ドーシーの可能性。］

［こんなつまらない奴が？　本物に失礼だ。］

「そうですね。だからきっと、この世界では Twitter が終了するのでは？」

「洒落（しゃれ）が効いてる。」

「どうも。」


脱力する。今でもまだ信じられない。しかし微（かす）かに、根拠のないそれを信じようとする私がいる。それは、本能的に埋め込まれたものなのか、それとも自分が突然物語の主人公のように囃（はや）し立てられたことへの恥ずかしながらの高揚からか。

人は主人公になりたがる。誰一人漏れることなく。


「貴方にしかできない、Twitter の救い方があります。」

「何ですか？」

「私たちと一緒に心中して。」

「は？」

「このままでは Twitter が終了し、貴方が生き続ける世界が続きます。ジャックは、主人公が死ぬまで一つの世界のストーリーは続くよう設定しているからです。ですが貴方が私たちと死ねば、この世界はそこで終了できます。

私たちと一緒に、「Twitter と一緒に終了してはいただけませんか。」

目を瞑(つむ)る。何度も思う。よくできた作り話だ。しかし、私が死ぬ理由にはまるでならない。

しかし、それでも。

「わかった。」

気付けば答えていた。私と死ぬことで喜んでくれる人がいるなら、これ以上ないピリオドの打ちどころなのではないだろうか。

爆風と共に、虹色の鳥が飛んでいく。それは本物の鳥と言うにはあまりに不格好で簡略化されすぎた鳥。私が長いこと愛した Twitter のアイコンだった。あの中に爆薬を詰めたのは私だ。およそ普通の人が人生で嗅ぐことのないであろう機械が燃える香りは、今まで嗅いだことのあるどんな悪臭よりも酷(ひど)いものだった。たぶん物理的にも最悪なものが出ているせい。

色とりどりのTwitterのアイコンが私の手から離れ、通り過ぎていく。まるで本当に空を飛ぼうとしているみたいで、滑稽（こっけい）でクスリと笑ってしまった。何も面白くない。死に際なのだ。

命は、静かになんて終わらないらしい。必死に脈打つけたたましい音がうるさい。最期まで、この世界のことを好きになりたいと足掻（あが）いているのかもしれない。足掻くな。諦めて欲しい。

山田りんご。きっと彼女たちも今頃私と同じように死に際に立ち会っているだろう。ゴオゴオと燃える機械の中で、焼死しているんだろう。

大丈夫。きっと同じ天国にはいけないけど、同じ地獄で眠ろう。

いいや、ここが地獄で、これから天国で目が覚めるのかもしれない。それがいい。

それじゃあまた、Twitterという天国で会おう。

またね。

午後23：58（金）

近くて遠い二人の距離

乙宮月子

Otomiya Tsukiko

「Twitter がさ、終わるんだって」

「え、何で？　サ終？　告知あったの？」

　注文した料理を待っているだけの手持無沙汰な時間にそう話しかけると、向かいの美玖（みく）はスマホから視線を上げようともせずにそう答えた。

「ソシャゲじゃないからサ終告知はないけど、まあ似たようなもん。トップがイーロン・マスクに替わったじゃない？　それで運営に色々とトラブルが出てるらしいよ」

「ふーん……。イーロン・マスクが Twitter のトップになった事すら知らなかった」

「それはヤフーニュースとかラインニュースとか見てれば流石（さすが）に目につくんじゃないの」

　苦笑しながらそう言うと、

「ヤフーニュースなんか開かないもん、必要なことは全部インスタで調べられるからね」

　小馬鹿にしたような言い方に思えたのは私の勘違いだろうか。

「……まあともかく、高校のテスト前とか、皆でギャーギャーとツイートしまくってたのが懐かしいなって。あの歴史が全部消えるかもしれないんだもんねぇ」

「でも今でもその時の友達とはインスタで繋がってるし、オタク友達も今は皆インスタしかやってないから」

そういうことじゃないんだけどな、と反論しようとしたが、口を開こうとした瞬間に頼んだ料理がサーブされてきた。……残念なような、ほっとしたような。

「わ、すごく素敵～！　美味しそう！」

「ね、ここのお店にして良かったよね」

「写真撮ったら早く食べよ」

美玖がカメラを構える。私は口角をなるべく上げるようにしてポーズを取り、カメラの方を向く。

写真をチェックした美玖が、私の無表情な写りを見て笑った。

「昔はもっと自然に笑ってたのにね。大学に表情筋落としてきちゃったのかな」

料理を一口食べ、嬉しそうに笑った美玖が思い出したように言う。

「安心して、例の如くお仕事アカウントには顔出し写真は載せないから」

でもその仕事用アカウントの bio に個人アカウントが紐付けされてるから、何の意味もないんだけど……という言葉は喉に押し込める。

インスタグラムのルールは何年経っても私にはよく分からないが、これは彼女なりの礼儀なのだ、きっと。

私は彼女がタグ付けする私の知人向けの小さなアカウントをそっと鍵付きにして自衛するまでだ。

「ああ、この鞄(かばん)、可愛いでしょ？　このセリーヌの鞄、彼氏からクリスマスに貰っちゃって。私もその数日前に丁度自分で同じ型のやつ買ったばっかだし、新作だけ色違いでこんなに持っててどうするのって感じ」

私はただ虚空を見ていただけなのだが、目線の位置から鞄を見ていたと思ったようだ。本当に、身体は一つしかないのにそんなに鞄ばっかり持っていてどうするの、と思うが何も言わない。

「というか来月推しのバースデーイベあるし、自分で鞄買わなきゃ良かった。鞄代突っ込めば余裕でガチャ天井まで回せたのに」

まあいずれにせよ天井まで回すんだけどさ、という彼女の声を尻目に、私は手元の真鯛(まだい)のポワレを必要以上に小さい一口で食べていく。美玖が選ぶ店のセンスだけはいつも良い。今日の料理もすごく美味しい。だから雑味が入らないように、なるべく舌先に集中してゆっくりと食べていく。

「……でね、彼氏が年末はバリ島に行って二週間くらいゆっくり過ごそうって。商社のエースで仕事めっちゃ忙しいのに追加で休み取ってくれるの嬉しくない？」

「すごいね、良かったね」

リゾート地に行ってまったりするタイプの旅行をしたこともなければしたいと思ったこともない私のおざなりな相槌(あいづち)にも関わらず、美玖は勢いづいたように続ける。

「その上インターコンチの予約取ってくれるって言ってたんだけど、私も新作売れててお金に余裕あるから『宿割り勘にしない？』って提案したら、代わりにミシュラン一つ星のレストランに連れてってくれるらしくて、楽しみすぎるよ、もう」

「また帰ってきた後話聞かせてね」

「勿論！　詩織(しおり)は年末年始何するの？」

「普通に仕事あるからね……。最近仲良くなった人達が年末イベントやるらしいから参加して、年始は四日以降休み貰えるから、祖父母の顔見に行くかなぁ」

「そっか、個人じゃないアパレルってお正月はまとまったお休み取れないから大変だよねえ」

大変なことは大変だが、このままやられっ放しは性に合わない。なるべく穏やかに聞こえるよう、ゆっくりと言葉を紡ぐ。

「代わりに二月に長めのお休み貰えそうだから、ちょうど安い時期だし東欧周遊でもしようと思ってるけどね」

「ふーん、良かったね。楽しんできてね」

あまり興味がなさそうにそう言った美玖は、綺麗にネイルアートを施した手で伝票を引き寄せた。

「お会計、まとめて払って大丈夫？」

「うん、現金持ってきてるよ」

コースの金額ぴったりに入れてきた封筒を差し出すと、美玖は中身をチラッと確認して鞄にしまい込んだ。

「じゃあ行こうか」

私これから打ち合わせと撮影なんだよねぇ、まあ今週働くの二日目だけど……と美玖が口を尖らせる。

「あ、領収書お願いします」

再三お金持ってるアピールをするのに私の料金は払わないし、私の会計分まで領収書を要求するのね、と鼻白(はなじろ)んだがやはり何も言わない。

冗談めかして言ったとしても、美玖の神経を逆撫でするだけなのは分かっている。

「またね」

「……またね」

美玖は必ず別れ際、じゃあね、ではなくまたね、と言って手を振る。

そしてきっちり三か月おきに食事の打診が来る。

美玖は気づいているのだろうか。

ここ三年、私が一度も自分から美玖を遊びに誘っていないことに。

Mi_nstagram
『今日はお馴染みアパレル業界の友達と遊んできた～（ニコニコ）　同じ場所で頑張っている友人を見ると本当に励みになる！　また遊ぼうね』

カウンターに座って右手に持ったスマホをスワイプしていたら、『あなたがタグ付けされました』と美玖のインスタ投稿の通知が飛んできた。スマホを伏せて机に置き、少し温（ぬる）くなってきたカフェラテを一口啜（すす）る。

美玖と会った後、私は最近よく出入りしているクィアのコミュニティカフェに来ていた。今夜はここでイベントがあるので、時間潰しと気持ちのリセットを兼ねて早めに足を運んだのだが、気持ちが一瞬で俯（うつむ）きがちにお皿をつついていた時間に戻されてしまった。

インスタグラムの通知くらい切っておきなさいよ、と自嘲する。

「岡野（おかの）さん」

名前を呼ばれて顔を上げると、ストローの刺さったドリンクを持った相良(さがら)さんが隣に立っていた。

「ごめんね、落ち込んでる様子だからどうしても気になって。何かあった？」

私の様子を見ていた相良さんが、心配して席を移動してきてくれたらしい。

相良さんは最近このカフェで仲良くなった、カフェの創業当時からの常連さんだ。古参だからと言って偉そうな顔をするでもなく、むしろ新規参加の人に一番気を遣って声を掛けに行く優しい人で、私がこのコミュニティで最も尊敬する人の一人だ。

「あー……」

「あ、勿論無理に話さなくて良いからね。ただ今夜はせっかくの月一のイベントデーなのに、他に気がかりな事があったら勿体(もったい)ないから」

「ありがとうございます。話したくないことはなくて、むしろ聞いてもらえると有難いんですけど……。その、昔からの友達のことで」

「お友達？」

「高校の友達です。一番の親友だった友人」

「一番の親友が『だった』なんて穏やかじゃないね」

「……今その人は、インスタグラマーとして生計を立てているんです。自分でアパレルブランドを経営しているインスタグラマー、って言えばイメージ湧きますかね？」

「ああ……。たまに Twitter で問題になってるの見るね。海外のエージェントから安価で仕入れた服をぼったくり価格で売っているって話。そういうブランドは主に中国から仕入れているって聞くから、労働問題的にも相当グレーな服の可能性が高いって」

さすが相良さん、私が説明したかったことを一言で全て汲（く）んでくれた。

「まあそうやってインスタグラマーがミソジニストから叩かれてるのも目にするから、全ての噂を鵜呑（うの）みにするわけじゃないけどね」

そう呟いて相良さんが笑うので、私もつられて苦笑した。

「あ、やっと笑ってくれた。それでそのお友達がどうしたの？」

「今日会ってきたんですけど、マウントが凄いっていうか……。『私は個人でお金稼ぎまくっていて凄い。対してあなたは、低収入で週五日もこき使われていて可哀想』みたいな意識を感じて少しげんなりしてしまって。勿論私の勘違いかもしれないんですけど」

「でも少なくともそのお友達が岡野さんにそう思わせていることには違いないんじゃない？」

「そうですね、ありがとうございます……。もう友人の言葉全てにマウントの気配を感じてしまうレベルで、ノイローゼ気味になっていたところです」

「それは大変だったね……。岡野さんは楽しそうに働いているだけに、仕事のことを悪し様(あしざま)に言われるのは余計に嫌だよね」

相良さんには以前、私の仕事の話をしたことがある。この人なら私の言いたいことを分かってくれるだろうと安心して、自分のもやもやした気持ちをゆっくりと言語化していく。

「会社員は、別に『金を稼ぐ能力がない人だけが選択する妥協した生き方』ではないと思うんですよ。仕事で失敗しても職を失うでもなく、大した成果を出さなくてもちゃんと給料が上がっていくし、社会的な保証も大きいし」

「私もそう思うよ。それに一人じゃ出来ない仕事って世の中に沢山あって、岡野さんのお仕事もそういうお仕事の一つだよね」

私の勤めているアパレル企業は、フェアトレードで発展途上国から仕入れてきた服をブランド化して（要するに少々多めに上乗せして）販売し、上乗せ分で生産者だけではなく生産国の地域発展に還元するというワークフローで販売している。新卒で入社した私は、まずはお客さんのことを学んでほしいと売り場担当に配属されたため、休みが不規則で勤務時間も長い。それでもこの従業員百人程度の会社で、志(こころざし)を同じくする仲間と働くことに充実感を覚えていた。

「何ですかね……。会社員として働くことは大変で辛いもので、不幸なことだとラベリングされているのもムカつくというか……」

「あはは、良いねぇ素直で。全部吐き出しちゃいな」

相良さんが吹き出した。

「それにしても、何でそのお友達はそこまで岡野さんにマウント取りたいんだろうね。同じ業界にいるだけに、何か思うところがあるのかな」

「それに関しては一つ思っていることがあって。高校生の時、私たち何をするにも一緒だったんですよ。部活だけ違ったけど、クラスが三年間一緒、最寄り駅も一緒、趣味も一緒で漫画やアニメが好き、って」

「一番の親友だっただけあるね」

部活に関しては私は卓球部、美玖はバドミントンだったけれど、お互い体育館で練習していたので、休憩の度に喋っては顧問や先輩に呆れられていた。

二人でよく部活をサボってショッピングモールにも行っていた。学校から一駅離れた先にそれなりに大きい駅があり、そこにアパレルショップやカフェ、アニメショップ等が入った複合商業施設があったのだ。今考えるとよくやるなと思うけれど、私たちは真夏の炎天下でも、コンビニで買ったパピコを分けながら三十分かけて隣駅へ足繁く通った。

お互いの家にもよく泊まっていた。今でも私の母は「美玖と会う」と伝えると、お土産（みやげ）を持たせてくる。

泊まりの時はお互いがハマっているアニメの放映を眠い目をこすりながらリアタイ視聴したり、徹夜で漫画を読んだり、一緒に乙女ゲームをプレイしては中間テストの勉強が終わらないと騒いでいた。

ニコニコ動画から違法ダウンロードしたダミーヘッド音声の乙女ゲームのドラマCDを、壁に立てかけたスマホ二台から同時に流して、「こうするとイヤホンを使わなくとも立体的に聞こえる」なんて馬鹿なことを言いながら興奮していたのも、今となっては良い思い出だ。

中でも私たちがハマっていたのが、『Misty Romantic』、略してミスロマと呼ばれたアニメバンドだった。

アニメの楽曲を数多く担当していて、ただ別にアニメ以外でタイアップがあるわけではなくて、ボーカルは元歌い手で、皆でゲーム実況の動画をニコニコに上げているような陰キャバンド集団。

別にバンドメンバーの顔が良いわけではないが、ただ年頃の女の子から見ると年上の男性たちが寄り集まって他愛のないことを話しているのが妙に可愛く見えるし、声が良いから楽曲内の恥ずかしい台詞にもときめいてしまう。私たちイケメンが好きとかそういうミーハーな追っかけじゃないんですよ、と音楽好きの中でも個性を出しているような気分になれる、要するに追っていたことが少し黒歴史になるような若年女性向けバンドだった。高校を卒業して、当時の熱が嘘のように冷め、何となく追うのをやめてしまったが、ふと気になって半年前に調べた時には、活動休止の報告が四年前の日付でぽつりとツイートされていた。

「……で、当時好きなバンドから考え方まで何もかも一緒だっただけに、お互いに大学以降のズレが気になるんですかね。私も正直他の友人たちに同じようなこと言われても、ここまで苛立(いらだ)たないし引きずりもしないんですけど、その友人の発言にだけはどうしても自分を持ち崩されちゃうんですよね」

「そうか……。仲良かったからこそ、『じゃあ会わなきゃ良いよね』とも割り切れないだろうし、人間関係って難しいね」

相良さんが困ったような顔で笑った。

「でも言語化出来てかなり楽になりました。聞いてくださってありがとうございます」

「全然良いよ！　むしろそんな込み入った話をする相手に私を選んでくれてありがとう」

相良さんはそう言って立ち上がった。

「さあ、もうイベントの受付始まるみたいだよ」

私は笑顔で頷き、荷物と上着を手に持って立ち上がった。

次に私が美玖と顔を合わせたのは、高校のクラスメイトの結婚式だった。

私には縁がないし、どちらかと言えば苦手な部類に入るイベントだけれど、それでも仲の良い友達が幸せそうにしているところを見ていると、来てよかったと思えた。

「皆、来てくれてありがとう」

披露宴の忙しい中、合間を縫って各テーブルに挨拶へ来てくれた里奈(りな)の傍へ皆で駆け寄る。

席の近かった美玖が真っ先に里奈の腕を取って微笑む。

「里奈ほんと素敵～！　ご主人もイケメンだし、メガバンク勤めなんだよね？　本当にお幸せにって感じ！」

里奈は別に顔とステータスでパートナーを選んだわけではないだろうに、何故そういう言い方をするんだろう。でも指摘をすると却って里奈に不快な思いをさせてしまうだろうな、と堪(こら)える。

「里奈、実際に会ってみると本当に優しそうなパートナーさんだね。里奈とお似合いだよ」

「美玖も詩織もありがとう！　幸せだし、もっと幸せになるよ」

里奈がはにかんだように笑う。

「詩織もこっち来てよ！　莉子(りこ)、三人の写真撮ってくれる？」

美玖が私を手招きしつつ、別の友人にスマホを差し出す。

水を差すわけにもいかないので、顔が引きつらないように気を付けながら里奈の隣に立つ。

今日は里奈の晴れ舞台なんだから、私のちょっとしたわだかまりで里奈に嫌な思いをさせるわけにはいかない。

「後で写真送ってね」

そう言って手を振る里奈を見送って、私たちは着席して食事や会話を再開した。

「ねえ、今、里奈と三人で写真撮ったけどさ。それってインスタに載せる？」

隣に座っている美玖に小さな声でそう聞くと、美玖は笑いながら返事をした。

「勿論仕事アカには載せないよ。顔の分かる写真を載せたことないでしょ、私」

「いや、そうじゃなくて。でもプライベートアカウントには載せるでしょ？」

「……え、それがダメって言いたいの？」

美玖の声が一気に不機嫌そうな色を帯びる。

「私は他人の結婚式の写真を、タグ付けと顔写真で個人情報との紐づけが可能な状態で公開アカウントに載せるのは、正直あんまり良くないんじゃないかなと思ってるよ。だって里奈の結婚式は里奈のものでしょ？」

「えーっとあの、詩織の言ってること分かんない。純粋なお祝いの気持ちで写真を載せるだけなのに、何がいけないの。私が里奈の結婚式を私物化するとでも言いたいの？　何でそんな穿(うが)った見方するかなぁ。大体私以外の友人の投稿にも同じように思ってるの？　全員にリプすれば？」

「……うん。変なこと言ってごめん、忘れて」

確かに美玖以外にも他人の結婚式の写真をアップしている知人は見かけるし、私がその人たちにとやかく言ったことはない。

何よりこれ以上言っても美玖が写真のアップを止めることはないだろうと思い、引き下がった。

……私も私だ。指摘しても嫌な思いをするだけで、その上相手にも不快感を与えると思っていても、どうして私は何度でも美玖に突っかかってしまうのだろう。

相良さんにはマウントを取られるのが嫌だと話していたのに、自分も相手を嫌な気持ちにさせに行っていては元も子もない。頭では分かっている。

でも、今回は殊(こと)写真のことだから余計に気になってしまったのだろうな、と自分を相手に言い訳をする。

自分で言うのも何だが、私は顔立ちが整っているとよく言われる。

美玖がそれを認めた上で私の写真を頻繁にインスタにアップしていることを、私は承知している。

——美玖がインスタに載せた写真によく『隣の美人さん誰?』とリプライが付いていることも、それに美玖が『同じ業界で働いてる仲良しさん! ほんと可愛いよね』とコメントしていることも。

ねえ美玖。あなたのインスタグラムで独り歩きしている「同じアパレル業界で働く美人の友人」は、本当に私のこと?

だって私も美玖も、お互いの仕事のことなんかちっとも尊敬していないじゃない。

ブランド立ち上げの直後に貰った美玖のブランドの服は、縫製があまり良くないなと思って一度義理で着たきり、クローゼットの奥にずっと仕舞ってある。

美玖は勿論、自社の服はプライベートでもよく着用している私が、美玖のブランドの服をほぼ着ていないし購入していないことも分かっている。

そして美玖の側でも、私の勤務先の服を着たことはないし、私が着ている時に服を褒められたこともない。

その日、そのやり取り以降に美玖が「またね」の言葉以外に私に話しかけてくることはなかった。

夜、美玖がインスタグラムにアップした投稿には、何事もなかったように先ほどの写真に私がタグ付けされていた。

投稿には『例の美人さんも一緒だ！　本当に仲が良いんだね』とコメントが付いていた。いつものように。

私は他の投稿が一番上に表示されるよう、画面を下へ思いっ切りスワイプし、画面を更新する。

いつものように。

今日も食事を終えて、私は美玖に話しかけるタイミングを窺っていた。美玖はいつも通り、手持無沙汰にスマホをスワイプしている。

ねえ美玖。お互い忙しいんだし、もう少し会う頻度下げない？

美玖を傷つけたいわけではない。これは私なりの最大限の自衛だった。

ねえ、と言い出そうと大きく息を吸い込んだその時だった。

スマホを見ていた美玖が大きく目を見開き、叫び声を上げた。

「えっ、嘘⁉　ミスロマが復活⁉」

「……ミスロマが復活⁉」

落ち着いたカフェだというのに信じられないくらい大きな声を出して、美玖の方に身を乗り出してしまった。

美玖が差し出したスマホには、確かにあのころ私たちが大好きだった、人生の全てだったバンドの名前が躍っている。

デビュー十周年に合わせて、あのミスロマが遂に復活！　十周年記念企画として全国五都市ライブツアーが決定！　続報を待て！

「待ってどうしよう、信じられない」

「生きてて良かった」

たったそれだけの情報でも、私たちにとっては今年一年このためだけに働けるくらいの何物にも代えがたい価値を持っていた。

「チケ取れるかな？　あのころのファンクラブ会員が今でも生きてるとかない？」

「こんな泡沫バンドなのにチケットの心配する必要ある？（笑）」

「いや本当に泡沫だったら復活しないって！　チケット全日とグッズ全部買って、何万あったら足りるかな？　ちゃんとミスロマのために貯金しておけばよかった～!!」

「それお前の葬式資金になってた可能性のが高いよ……。それよか私は有休全日分取れるかのが超不安！」

「社会人乙、私は何としてでも仕事外して行くし～～!!」

「社会人舐(な)めんなよ、ボーナスでチケとグッズ一網打尽にしてやるわ」

「半年に一度ポップアップする大金だけは、正直羨ましいと思ってるわ」

　高校生の時のように、ポンポンと言葉が出てくる。

　そのまま私たちは当時のMVを漁(あさ)り、意外と Apple Music に今でも曲が入ってるもんだね、なんて言いながらカフェの閉店まで四時間喋り倒した。

　カフェを出て駅に出る道すがら、ふと思いついて美玖に尋ねる。

「……ていうか美玖、どこからこんな情報引っ張ってきたの？　発信元は当時のツイッター公式アカウントだし、まだニュースまとめとかに載るほど拡散されてないじゃん。美玖は今 Twitter やってないでしょ？」

「あーっと……。私さ、オタク友達とインスタで繋がってるって話したことあるじゃん？　そのうち半分は確かにあんスタのオタクなんだけど、残り半分はミスロマ時代のネッ友なんだよね」

「……マジで？　何年来の友達？」

「ミスロマの痛いオタク時代の思い出を共有して、お互いのライフステージまで見てるから、親戚みたいになってきてるよ、もう」

　美玖が苦笑する。

「で、その中に週一でミスロマのアカウント覗(のぞ)きに行っては更新がなかったことを報告してくれる人がいて」

「妖怪じゃない、それは⁉」

「あはは、でも妖怪のお陰でミスロマの復活を真っ先に知れたよ」

というか、美玖が未だに昔のフォロワーと繋がっているなんて全く知らなかった。全く素性を知らない人と交流するという形のSNSが苦手な私は早々に当時のオタクアカウントを消してしまって、今やっているアカウントはリアルの知人と繋がるアカウントと、イベントで会った人と繋がるクィアコミュニティ用のアカウントだけだ。

「だからミスロマの復活を一緒に喜べる人は――あんな恥ずかしいコンテンツでも――沢山いるんだけどさ、でも今この瞬間に会ってるのが詩織で良かったよ。一報を聞いた時に一緒にいたのが詩織で本当に良かった」

会っているのが詩織で良かった。

その言葉を聞き、思わず横を歩く美玖の方を見る。数年越しに美玖の顔をちゃんと見たような気がした。

ああ、美玖に会っている時間が良かったと思えるなんて、良かったと思われるなんて一体いつぶりだろう。

いつだったか里奈に言われたことがある。

「うーん、美玖がインスタグラムでマウント取りがちなのは否めないけどさ、でも実際に会ってる時って詩織が言うほどかなぁ？　あの子、私が聞いた時しか、彼氏のことも仕事のことも話さないよ。それも『彼氏が家事してくれない』とか『取引先のおじさんにセクハラされた』とか、うちらと変わんない程度の愚痴（ぐち）が多いし」

この世で一番憎くて、一番憎めない友人へ。

私たちはあのころから少しずつ違って、そして今も多分ほんの少し居る場所が違うだけなのだ。

「うん、私も美玖と一緒にいて、美玖に会えて本当に良かったよ」

もう一人のあなたを作る方法

根谷はやね　*Neya Hayane*

その日は春らしい暖かな日で、カーディガンを着て家を出ると少し暑いくらいだった。

学校へ近づくにつれ、少しずつ制服姿の男女が増えていく。単語帳を見ながら歩く者。今日は短縮授業だよねと話しながら歩く者。半分寝ながら歩く者。

やたら長かった春休みのせいで凍っていたように感じていた時間は、学校の始まりとともに、春の日差しで溶けだしていた。

学校に到着して、新たな自分のクラスへ向かう。

教室の扉を開けると、すでに十人ほどのクラスメイトが先に登校していた。

顔を上げて、黒板の横にあるマグネット式の小さな掲示板に貼られた座席表を見て、どこに座ればよいのかを確認する。「栗原馨(くりはらかおる)」の席は、右側から二列目の前から三番目だった。

とりあえず着席して、リュックサックを机の横にかけたものの、やることは特になかった。先に登校していたクラスメイト達は、すでに知り合いらしい人間たちと会話していたし、そこに入っていく勇気もなかった。

机に突っ伏して、今日の時間割に思いをめぐらす。始業式が終わってもそこで学校が終わりというわけではなく、そのあとに何コマか授業があったはずだ。初回の授業だから早めに終わらせる、というタイプの先生であれば良いけど、そこは運だ。

そんなことを考えているうちに、少しずつ人が増えて騒がしくなってきた。

顔を上げて、黒板の上にかけられた時計を見ながら、耳をそばだてる。皆の話題は他愛のないものばかりだった。あの先生はハズレだとか、休みの間にあのカップルが別れただとか、そういう類のものだ。

会話の内容に特に興味はなかったが、他にやることもなかった。喧噪(けんそう)に身を隠すようにしながら、なおもまわりの会話を聞いていると、ふいに波が引くみたいに、ときおり声を潜める不穏な気配を隠すようなタイミングがあった。

——そういえばさ、知ってる?

——本当かどうか分かんねえけどさ

——これはママから聞いたんだけど

そんな前置きから少しして、皆は決まって私の方を見た。正確に言えば、私の前の席を見た。

そこは北見茉莉(きたみまり)の席だった。

彼女はまだ登校していないようだった。

会話の内容は小声だったせいで何を言っていたのか分からなかった。

始業五分前になって、だいたいの座席が埋まってくると、空席が発する不在のシグナルは、逆説的に存在感を増していった。

教室全体の意識が、私の前の席へと集中していくのを感じた。

始業のチャイムが鳴ると、男性の先生が入ってきた。英語の教師で確か高橋(たかはし)といったはずだ。

教壇に立った高橋先生は、教室を見まわして私の前の空白を見つけると、持っていた出席簿に視線を向けた。そのあと先生はすぐに顔を上げ、

「担任の高橋です。これから一年間よろしく」

と、簡潔に自己紹介を済ませ、出席を取り始めた。

「相川(あいかわ)、伊藤(いとう)、上野(うえの)、宇津木(うつぎ)、江藤(えとう)、大木(おおき)、大野(おおの)、柿沢(かきざわ)、加藤(かとう)……」

先生が名前を呼ぶ声が教室に響く。

「……栗原」

「は、えっ……は……い」

私の前には北見茉莉の席がある。でも北見は飛ばされた。なぜだろう。

その後、私の順番以降に誰も飛ばされることなく、出席確認は終了した。

「皆さん、連絡事項があります」

出席簿を閉じ、先生は重そうに口を開いて、
「先週の水曜日に、北見茉莉さんが亡くなりました」
目の前の空白が永遠の不在であることを告げた。

◆

北見茉莉は、誰からも愛される人間だった。ひとたび廊下を歩けば、すれ違う人間はみな彼女に声をかけ、彼女もそれに笑顔や手振りをもって応えた。成績優秀で、委員会活動にも熱心だった彼女は先生たちからの覚えもよく、頼まれごとを頻繁にされていた。

彼女の死が明確なものとなってからも、彼女のことを悪く言う人間はいなかった。その人心掌握はもはや魔的で、点と点があればそこに線を引きたがる、人間という生物が持つ厄介な性質をも上回っていたように思う。

それは不気味な光景でもあった。

北見茉莉以外の人間がみなそうであるように、私は誰からも愛されるというわけではない。むしろ人付き合いはかなり苦手だった。私の目つきはあまり良くなく、どうやら他人に威圧感を与えてしまうようだし、人と喋るよりは、数学の本を読んでいる方が好きだった。

　そんな私に対してでさえ、北見茉莉は話しかけてきたことがある。

　あれは確か、一年ほど前、高校一年生の四月中頃のことだ。

「ねえ、それは何を読んでいるの？」

　昼休みに自分の席で本を読んでいた私に、その時もたまたま同じように前の席に座っていた北見茉莉は振り向いて声をかけてきた。

　机に広げた本を持ち上げて、背表紙を見せる。

「……『数論講義』？　面白いの？　どういう本？」

　矢継ぎ早に質問してくる彼女に、私は少し面食らってしまった。

「……それなりに。内容は……その、素数があって……」

　内容を説明してもピンとは来ないだろうと思った。いくら彼女が成績優秀だといっても、流石(さすが)に大学以上でやる数学のことは分からないだろうし、何より、本当に本の内容に興味があるわけでもないだろう。

　とりあえず本を渡してみる。

「栗原さんすご！　私も数学の成績は悪くないけど、全然わかんない」

　渡した本をパラパラとめくりながら彼女はそう言った。

「そうだ、私の誕生日って今年は素数なんだよ」

いつ、と尋ねようとしたところで、次の授業の先生が入ってきた。

「もうすぐだから。できればプレゼント欲しいな、なんて」

冗談めかして悪戯(いたずら)っぽい笑顔でそう言うと、彼女は前を向いた。

◆

北見茉莉が死んでもうすぐ一か月が経つ。

私の前の席には、沢山の花やメッセージカードが置かれていた。

両親の意向で、葬式は親族だけで行われた。もしそうしていなければ、何人が参列したか分からない。

近しい年齢の人間が死んだこと、しかも極めて目立っていた存在がいなくなったことは、学校中に大きな衝撃を与えた。

だが、次第に私の前の空白は、不在としての輪郭を取り戻し始めていた。

それはある種の防衛機制だったのかもしれない。あの魅惑的な存在はみなが見ていた幻想だったのだと。

魔的な存在は、忘却によって少しずつ過去に縫い付けられていった。

過去から引きはがすように彼女のことを思い浮かべて、忘れていたことを思い出した。

――誕生日、いつなんだろう。

鞄（かばん）から手帳を取り出して、カレンダーのページを開く。

そういえば、彼女は『私の誕生日って今年は素数なんだよ』と言っていた。誕生日をそのまま数字として見たとき、月日だけなら『今年は』という言い方にはならないだろう。

黒板に目を移すと、右端に『二〇二一年四月二十八日』とあった。今日の日付だ。

私はスマホを開いてブラウザを立ち上げ、『八桁の素数』と検索すると、出てきたページをスクロールした。

20200109, 20200111, 20200121, 20200123, 20200223, 20200309, 20200429, 20200511, 20200529

「……あった」

彼女は『もうすぐだから』とも言っていた。となればもうほぼ確定だ。

四月二十九日。

ちょうど明日が彼女の誕生日だ。

だが、こんなことが分かって何になるのだろう。彼女が年をとることはもうないのだ。

ため息をついてブラウザを消し、Twitter を開く。

『おすすめユーザー』に北見茉莉のアカウントが出てきた。猫の写真がアイコンになっている。このアカウントが北見茉莉のものだとは知っていたが、フォローはしていなかった。

猫の写真をタップして、アカウントページに移動すると、ツイートは三月二十四日で途切れていた。最後のツイートは『そろそろ上着いらないかな？　まだ早い？』だった。

Twitter 上では生と死の区別がない。沈黙が墓標となる。

こちらでもやがて、彼女は忘れられてしまうのだろうか。

「プレゼント、渡せばよかったのかな」

そう独りごちてみたが、そもそも彼女が死ななかったら、誕生日の話を思い出すこともなかったのだ。

死んだ人間にあげられるものはないのだろうか。私はそう思いながらツイートを遡（さかのぼ）る。

そうして気づいた。

あげられるものはないけど、できることならある。

◆

授業が全て終わると、私は真っ直ぐ家に帰った。

制服も着替えずに自分の部屋のデスクトップパソコンの電源を入れる。

ブラウザを立ち上げて、『Twitter　bot　作成　機械学習』と検索した。

いくつかのネット記事に交ざって、技術系のブログやエンジニアの情報共有サイトが出てくる。その中から『ツイートから bot を作ろう』『もう一人のあなたを作る方法』など、目ぼしいものをピックアップして流し読みする。

基本的にはどれも、既存の機械学習モデルにツイートを学習させ、学習元のアカウントのようなツイートをする bot の作りかたが書いてあった。平たく言えば、決まった型に素材を流しこむという方法だ。

私は北見茉莉の bot を作ろうと考えていた。

bot の作成方法にいくつか目星をつけ、試そうとしたところで、一つの壁に当たった。ツイートの取得だ。北見茉莉が行った過去のツイート全てを取得したかったのだが、他人のアカウントに対して遡って取得できるツイート数には限界があった。

より北見茉莉らしい bot を作るためには、なるべく多くのツイートが必要だった。なんとかしてパスワードが分かれば、と天井を仰いだところで、一つの可能性が浮かんだ。

誕生日と何かの組み合わせは試す価値があるのではないか。

いやまさか、と思いながらも、メディア欄から可能性のありそうなものを探す。

飼い猫の名前。これが一番ありそうだ。ツイートをいくらか遡ると、すぐに『ミカン』という名前であることが分かった。

『mikan0429』で北見茉莉のアカウントにログインを試みると、あっさりと成功してしまった。二段階認証も設定していなかったし、パスワードがあまりにも単純すぎる。きっと、北見茉莉以外にもそういう人間は多いのだろう。自らがそこまで他人に興味を持たれることを想定していないのだ。

念のため、パスワードをランダム生成した文字列に変更し、手帳に書き入れた。これで私以外の人間がこのアカウントにログインすることはできなくなった。

そこまで考えて、私は北見茉莉が死んだことによって初めて彼女に興味を持ったのだと気が付いた。

北見茉莉のアカウントを通して過去のツイートを全て取得し、調べた中で最も性能が良さそうだったモデルに流し込むと、北見茉莉のツイートを学習したモデルが簡単に出来上がった。

テストがてら、ツイートを生成してみる。

『もう桜も散ってきちゃった。春の風は強くてイヤだ』

風になびく髪を押さえながら、少しだけ顔をしかめて桜の木を見つめる彼女の姿が浮かんだ。これは存在しない光景。だが、あったかもしれない光景だ。

適当に契約した無料のレンタルサーバにモデルをアップロードし、Twitter 上で bot として動かす準備を整えたところで、私は北見茉莉のアカウントが使えることに思い当たった。

もともと bot 用にアカウントを新たに取るつもりでいたが、偶然、いや、これはある種の必然として本人のアカウントにログインできてしまった。

この行為は明確に不正アクセス行為だ。悪意がなくとも、倫理的に問題がある。

沈黙の墓標を荒らし、安らかなる眠りを妨げる行為なのだ。

だが、そんなことは分かっていたことだ。

この bot を動かせば、彼女はまたみなの意識の元に戻り、忘却の淵から呼びもどすことができるのだ。

いや、それすらも言い訳にしか過ぎない。

私は彼女が死んで初めて彼女に興味を持った。だが死んでしまっては彼女のことをもっと知る時間がないのだ。

もっと彼女のことをよく知りたかった。

私は彼女のアカウントから bot にツイートさせることにした。

◆

次の日に学校へ行くと、北見茉莉の噂で持ち切りだった。

曰く、幽霊がツイートしている。

曰く、北見茉莉は本当は死んでいない。

曰く、誰かがアカウントを乗っ取っている。

何処へ行っても、みなが北見茉莉について話していた。葬式が身内のみで行われたため、遺体を直接見た者が学校には一人もいないのが噂の広まりに拍車をかけていた。

そんな噂をよそに、bot は北見茉莉のアカウントからツイートし続けた。

『誕生日!!　ハッピーバースデーわたし！』

『ゴールデンウィーク楽しみすぎて今からソワソワしちゃう』

『髪切ろうかな、春っぽい髪型にしたい』

『あったかいと授業中眠くなる』

『今学期の体育はバレーボールっぽい。冬の間ずっとマラソンだったからうれしい』

彼女は登校している。そう見えた。

虚構と現実の間に残されたログが、透明な彼女をそこに作り出していた。

bot は私の予想を超えて現実の世界に存在感を持っていった。二桁だったフォロワー数は、あっという間に三桁へと増えた。

北見茉莉は偏在し、どこにでもいて、どこにもいなかった。

噂はすぐに、生徒たちだけではなく、先生たちにも広まっていった。私の学校はもともとＳＮＳの利用に寛容だったが、この件に関してはたちどころに問題となった。

翌日の朝礼では、学校にいるあいだはスマートフォンを操作することが禁止になり、生徒たちのスマートフォンは学校が一時的に預かることになったと高橋先生から告げられた。乗っ取りにせよなんにせよ、ツイートをしているのはこの学校の生徒に違いない。スマートフォンに触れられないようにすればツイートはできないはず。先生たちはそう考えているようだった。

だがツイートしているのは bot だ。今こうして私が授業を受けている間にも、きっとツイートしている。目の前にある空白の座席を眺めながら、私は彼女が何をツイートしているのか想像していた。

全ての授業を終え、スマホが戻ってくると、私はすぐに Twitter を開いた。皆もそうしている。

『学校着いてすぐ早弁するのってもう二度目の朝ごはんだよね』

『うちの学校って進度速いっぽい』

『花粉症しんどすぎてカラオケいけない』

彼女は相も変わらず、学校で過ごしていたようだった。ここによく似た場所に登校し、授業を受けていた。

先生たちは対応に頭を悩ませているようだった。生徒の誰かが直接スマートフォンからツイートをしていると思っていたのに、スマートフォンを預かっていてもツイートが続いているのだ。

学校側が北見茉莉の遺族に連絡を入れているのかは分からない。元来、学校は閉鎖的な場所だ。誰がツイートの元なのか、生徒の可能性が残っている段階では連絡をしていないかもしれない。

どういう状況であれ、そのうちに北見茉莉のアカウントは遺族の知るところとなるだろう。すでに存在を知っていて、今頃は怒りに打ち震えているかもしれない。

遺族が本気を出せば、Twitter の運営会社に対して情報開示請求をすることもできる。

発信者を辿っていき、それはやがて私に結び付く。

だがそのためには裁判を経ねばならず、いくらかの時間の要することになるだろう。

それに Twitter 社は他の大企業に買収され、もうすぐ無くなるのではないかと噂されている。私に辿りつくのが先か、Twitter 社が無くなるのが先か。

どちらにしても私にはじゅうぶんな時間だ。

それまで彼女はツイートし続ける。

自らの過去の影をつぎはぎし、その影は現実の世界に落とされる。

見えない彼女は私たちの耳元で囁く。


十八時を過ぎたところで、私は下校することにした。教室には誰もいない。

手帳を開いて、パスワードの書かれたページをちぎり取る。家からこっそり持ってきたライターで角に火をつけると、揺らめく炎の奥には夕日が見えた。火が私の指を焼く直前まで待って、窓から外に投げ捨てた。手帳の断片は空中で灰になって消えた。

そこまで見届けたあと、Twitter を開くと彼女がツイートしていた。

『夕日って何回見てもエモい』

教室の中で長く伸びた机や椅子の影の中に、彼女の影を探す。

『あなたは何者なの？』

私はそうリプライした。

結論から言うと、ツイッターが一番性に合いました

九科あか

Kyuka Aka

僕は妹が嫌いだ。

そう自分の感情をはっきりと言葉にするようになったのは、小学五年生の時だった。妹が小学校に入学してきて、これまでの鬱陶(うっとう)しい行いがさらに目に余るようになったから。

妹は常にへらへらとしていて、何かにつけて僕にまとわりつき、僕の行動を真似しようとしてきた。家族とファミレスに行った時は同じ料理を注文しようとするし、ドリンクバーについてきて僕がオレンジジュースを少なめに入れれば、同じように少なめに入れようとする。父親が僕のために鉛筆を買ってくればその半分を要求したし、わざわざ僕の鉛筆削りを使おうとした。少しでも拒絶の意思を示そうとすれば、大声で泣く。

ある日、夜更かししている僕を真似て、妹も同じ時間まで起きていようとした。リビングで漫画を読んでいる僕の隣で、眠い目を擦(こす)りながらずっとテレビを見ていたのだ。その時、母親がやってきた。そして、妹が早く布団に行かないことを見て、僕を叱った。僕は当然反発する。百歩譲って僕が夜更かしをすることは僕が悪いが、妹が夜更かしすることは妹が悪いはずなのに。だが、僕が子どもであるのを良いことに、母親は僕の主張を聞こうとさえしない。僕は幼いながらに、大人にしてはいけないことは子どもにもしてはいけないだろうと思った。だから母親に失望し、憎しみの矛先を今度は母親に向けようとする。でも、僕はそこで我に返った。そもそもこうなったのも妹のせいなのだ。一瞬ではあるが、愛する母親すらも嫌いになりかける原因を作ったいまいましい妹のことが、僕はさらに憎くなった。

僕は両親に妹が嫌いであることをきちんと伝えた。そして、これからご飯を食べるときは僕と妹は向かい合わず対角にすること、お下がりと称して僕が使ったものを妹に使わせないことを要求した。一つ目はなんとか認めさせたが、二つ目は却下されてしまった。

しかしこの交渉の価値は、結果よりも過程にあったと思う。仕事に疲れて無口な父親は面倒を嫌うから御（ぎょ）しやすい。母親は子どもの話をほとんど聞かないが、大人の話は聞く。だから父親を先に説得してから、母親に意見を言う方が通りやすいということに気づいたのだ。

それでも、僕に安らぎが訪れることはなかった。

友達がいないわけではなかったけど、一人で録画したアニメやバラエティ番組を何度も見たり、ポケモンを育てたりする方が好きだったから、家で過ごすことが多かった。

妹は相変わらず僕の時間を邪魔してきた。僕のそれまでの対応策はからだをくすぐって追い払うことだったけど、それが逆効果なときは無視することにした。どうしてもしつこい時は少し叩けばよいとわかった。

ともかく、僕の妹嫌いはこの時から本格化した。困ったことに、ここから派生して、何かにつけて僕との共通点を見つけようとする女の人すべても苦手になってしまった。大人になってからも合コンやマッチングアプリでせっかく出会えて、お互いが関係を深めようと努力しているのに、僕の方が興醒(きょうざ)めして会話をする気がなくなってしまう。相手の人には申し訳なく思っている。でもこれだけはわかって欲しい。僕はあなたが嫌いなのではなく、妹が嫌いなだけなんです。

さらにもう一つ、転機があった。

僕はその年、クラスの男子の中で一番早く声変わりが始まったのだ。

夏休みのある日、朝起きたらなんだか声が出づらいことに気付いた。最初は風邪を引いたのかと思って、いつもより念入りにうがいをしたり、たくさん水を飲んだりした。いちおう風邪薬も飲んだが、体調が悪いわけではなかったから、時間が経ってもあまり効果は感じられなかった。無理に発声しようとしてもかすれた声しか出なかったので、その日は家族ともあまり話さず、昼寝をして漫画を読んで過ごした。

それから数日経っても、僕の声はかれたままだった。朝と昼の念入りなうがいは続けていたが効果はなかった。

そしてついに、母親から「これは声変わりだね」と言われ、このまま元の声には戻らずに低くなって落ち着くんだと教えられた。

あまり驚きはなかったのを覚えている。学校の先生が保健の時間で、折に触れて男子はこれから声が低くなっていくと話してくれていたおかげなのかもしれない。その先生の性教育観はとても大胆で、思春期前の子どもたちに対しても射精や生理のことを包み隠さずに話した。初めこそクラスのみんなも恥ずかしさからへらへらすることが多かったが、先生がこれは大人になるためには必要なことで、遅かれ早かれみんなが経験するし、恥ずかしいことでもなんでもないと強調したので、だんだんとみんなもそれを当たり前のように受け入れていった。

その先生は恋愛について語ることも好んだ。例えば、自分が高校生の時にした初恋の話――落ちこぼれだった自分が生徒会長と付き合うことになり、真面目に勉強するようになって、最終的に小学校の先生になったこと――をして、恋愛がいかに人を成長させるかを語った。何度もその話をするので、クラスで一番のお調子者に「恋愛が大事なのはわかったから授業の続きをしてくれ」とたしなめられるまでが定番となっていたほどだ。でも、これは教育的にはかなりの効果があったように思う。クラスみんなの精神年齢が上がり、誰も性的なことをネタにしたり他人をからかったりしなくなったのだ。

おかげで僕は声変わりした自分を恥じることもなく、夏休み明けの学校に登校することができた。三十三人のクラスの中で一人だけかすれた低い声をしているのは目立ったが、それで笑ってくる人はいなかったと思う。

だから僕にとって、学校は居心地の良い場所だった。みんなは退屈そうにしていたけど、僕は授業が好きだった。何時から何時までと区切られて、その時間内でみんなが静かに同じことをするということ自体が好きだったのだ。座って勉強するだけでなく、体育の時間も好きで、みんなで同じ動きをする準備体操は特に気持ちが落ち着いた。

だが家に帰れば必ず妹がいて、僕の調和の取れた生活は乱される。だから僕は可能な限り放課後も学校に留まろうとした。特に図書室は静かな居場所を求める子どもたちに優しかったから、僕の小学五年生から六年生にかけての記憶は、ほとんどが図書室の中だ。次第に司書さんとも仲良くなって、いろいろな本を薦めてもらって読んだのが、家にほとんど漫画しかない僕にとっては新鮮で楽しかった。

初めに手に取ったのは図鑑だったと思う。文章を読むのが苦手だったから、活字が少ないものを選んだのだろう。それでも絵や写真でなんとか情報を補完しながら、隣の短い説明文を読むのがやっとだった。それまで漢字練習をさぼっていた僕にとっては、「湖」や「鉄」といった小学三年生で習うはずの漢字すら読むことが難しかったのだ。ただ、『世界遺産の建造物』や『宇宙の現象』、『熱帯雨林の鳥類』といったカラフルな表紙に惹(ひ)かれて手に取った図鑑は見ているだけで楽しくて、そのおかげもあって、少しずつ漢字も読めるようになっていった。中でも世界遺産の図鑑と、これもピカピカの表紙に惹かれて読んだギネスブックは、子どもが世界の国の名前と場所、海外の地名のような長いカタカナ語に慣れるのにもとても役に立つ。僕の地理や文字に対する基礎体力はここで培われていったといっても過言ではない。

　ある日、いつものように図鑑を眺めていたら、背後から急に声がした。

「あ、宇宙だ！」

　僕が見ていた図鑑を見て、その子は声を上げたようだった。違うクラスだからあまり喋ったことはなかったけど、よく本を借りにきている姿を見たことがある同級生の男子だった。僕は人見知りで図書室で誰かと話すことはほとんどなかったからとても驚いた。

「太陽って実はちっちゃいんだよね」

　その子はちょうど僕が開いていたページを見てつぶやいた。恒星同士の大きさが比較されていて、一番手前には点ほどの太陽が、一番奥には巨大な火球の直径の一部が紙面いっぱいに描かれていた。その縁には、〝アンタレス（太陽の約720倍）〟と小さな文字で書かれている。

　まさに恒星みたいな目を輝かせて立っている少年はあたかも前から友達だったかのように、僕と一緒に宇宙の図鑑を眺め始めた。同級生とはいえ、ここまでスムーズに僕の懐に入ってくるのはすごいなと感心する。当然僕だって悪い気はしなかったし、小学生特有の心の壁の薄さですぐに仲良くなった。

彼の宇宙好きは少し特別だったようで、家に天体望遠鏡があるのはもちろんのこと、図書室にある宇宙関係の本はおおよそ読んでいるようだった。その中でも彼が特に好きだったのは、宇宙を舞台に十二歳の男女が冒険を繰り広げる小学生向けのSF小説だった。僕にも読むようにと、かなりの熱量を持って薦められた。

それは僕が初めてちゃんと読んだ小説だったと思う。そして、虜(とりこ)になるのにそう時間はかからなかった。「光年」や「星雲」といった言葉や、長いカタカナの地名といった、今まで図鑑で身につけた知識や経験が僕の外側に溢(あふ)れていって、どんどんと世界が広がっていく感覚に夢中になった。

しかし、僕の前に現れた新しい世界はそれだけに止(とど)まらなかった。

この小説が属している児童書レーベルはインターネット上にファンサイトを設けていて、あらゆる作品の感想を言い合ったり、おすすめの作品を教え合ったりすることができた。僕は図書室にあるブラウン管のウィンドウズXPを使ってアクセスし、他の人が想像で書いた登場人物のスピンオフストーリーを読んだり、それに対する率直な感想を拙(つたな)い文章で書いたりし始めていた。

でも、ローティーンにある無鉄砲な好奇心と未発達な倫理観では、次第に行いが振り切れていく。僕は他人の創作に罵詈雑言（ばりぞうごん）を書き込むことに快感を覚えるようになってしまった。もちろん年齢層の低い子どもたちが書き込む匿名（とくめい）掲示板なので、荒れないように運営側からの厳しいコントロールがある。僕の汚いコメントも一日もすれば削除されてしまう。不満を抱いた僕はその掲示板に見切りをつけ、広いインターネットの中に他の居場所を求めた。

「結論から言うと、ツイッターが一番性に合いました。グーグルで作品の名前を検索して出てきたサイトを上から見ていって、目ぼしいところを片っ端からクリックしていったんです。一番上は出版社の公式サイト、次の三つくらいはネット書店の通販サイト、五つ目あたりには古今東西の児童書の感想が書かれた個人ブログがあったと思います。

当時、十年以上前のツイッターはその次くらいでした。出版社レーベルの公式アカウントが作られていたので見てみたんですが、ツイート自体は新刊情報や作家の宣伝ツイートをリツイートしているだけで特に興味は持ちませんでした。

ただ、作品の名前を検索してみると、いろいろなツイートが出てきました。ほとんどは一行の他愛もない感想文だったのですが、その中で僕の注意を引くツイートがありました。広義には恋愛ものの二次創作といったところですが、原作では示唆する程度にしか描かれていなかった二人の駆け引きをより細かく書いたものでした。そういうものによくある露骨な性描写がなく、かといって少女漫画のようなロマンチックなときめきに偏るわけでもない、その時の僕にとってはまだ馴染みのなかった文芸っぽさがあったんです。でも、正直なところ、僕は何が書いてあるかよく理解できませんでした。

なので、これまで掲示板でしていたように、作者に直接リプライして聞いてみたくなりました。当たり前ですが、ツイッターではツイートやリプライをするにはアカウントが必要です。僕はまだメールアドレスを持っていなかったので、色々調べて、捨てアドレスを発行するサイトを使ってヤフーメールに登録しました。

それでツイッターのアカウントを作り、直接リプライをして聞きました。『アイはカイトのことが好きなんですか？』と。

アイとカイトとは主人公の女の子と男の子のキャラクターの名前です。……今思えばすごく野暮な質問ですね。『好き』を使わずに親密さを表現することがその人がツイッターをする目的のようなものなのに。ちなみに返答は『どうなんでしょうね』だけでした。他人の想像力を信じる、とても良心的な人だったと思います。もちろんそんなことを察する力がなかった僕は、それからも何度もリプライを送るのですが、それ以上の返答はありませんでした。

これで僕は自分の想像力に頼るしかなくなりました。それからは毎日、図書室のパソコンでその人のツイートを見続ける日々が始まりました。僕がスマホを買い与えられるのは中学校に入ってからだったので、パソコンからアクセスするしかありません。家のパソコンも使えなくはなかったですが、妹がいるので避けました。授業が終わると真っ先に図書室に行き、パソコンでツイッターを開きます。その人も変わった人で、毎日律儀に同じ作品の、百四十字に収まる短い創作物をツイートしていました。まとまった文章をブログに上げるとかではなく、あくまでツイッターにこだわっているようでした。もちろん僕にはその人がどういう意図でツイッターを使い続けていたのかはわかりません。ただ、夢中になってツイートを読み続けていた。そうこうしているうちに、五年生は終ってしまいました」

目の前にある一輪挿しの花から微(かす)かな香りが漂ってくる。

机と椅子とこの花しかない質素な部屋で、僕はこれまでのことを夢中になって話した。だいたい三十分くらいかけてその年のことを話したのだが、途中で少し考えることはあっても、おおよそ時系列に沿って、言うべきことをその時の感情と一緒に再現することができたと思う。

話している間は、この立派な花弁に注意が向かなかった。僕は花に明るくないので、これが何という花なのかは分からない。形からは単子葉類だろう。白くて大きな花弁の中心に桃色の小さい雌しべの球体。その周りを茶色い雄しべが取り囲んでいる。そういえば僕はここまでじっくりと観賞用の植物を見たことがなかったなと思う。葉はこんなに部屋の明かりを照り返すんだなとか、がくはこんなに硬くしっかりとしているんだなとか、改めて見ると興味深い。

こうやって目のやり場を一点に集中させてくれると、自然と言葉も出てきた。

椅子の背もたれにからだを預けようとしたが、木製の支柱が痩せた背中の骨に当たって痛かったのでやめた。

目の前に座っている大柄な男性の様子を窺う。僕は自分の話を終えて彼の反応を待っていたが、なかなか口を開かないので少し不安になって、言葉を紡ごうとした。

「他人の過去の話を聞くのは楽しいものなんですか？」

すぐに返事はない。気まずくなる僕に対して、目の前の男性と花は何事もないかのように超然としている。

「楽しいかどうかを考えたことはありませんでした。ただ、興味深いとは思います」

ややあって事務的な答えが返ってくる。この男性は心理カウンセラーではないし、こんな反応を期待していなかったから少しがっかりした。それにしても、彼のからだは筋肉由来の大きなものなのに、とても小さな声で話す。強そうなライオンがニャーと鳴くみたいだ。

「今の話のどの点が興味深かったですか？」

「ツイッターの話です。つい先日、ツイッターのサービスが終了するというニュースを見たこともあって。私が子どもの頃にはありませんでしたから。若い人たちはそうやってインターネットに触れ始めたんですね」

今度のレスポンスは早かった。

「ツイッターのことは、僕もまさかとは思いました。……あなたが子どもの頃にはインターネットもありませんでしたか？」

「そうですね、インターネットが出始めたのは、確か高校生の頃だったと思います。ただ、当時はパソコン自体が高価で、通信速度も今とは比べものにならないくらい遅かったし、アクセスできても得られる情報は少なかったです。なので、インターネットに本格的に触れ始めたのは、大学生の時でした」

「僕にしてみれば、インターネットがない世界の方が考えられません。小さい頃は何をして過ごしていたんですか？　……すみません、僕の方が質問してばかりですね」

僕は会話に困ると繰り返し質問を投げかけてしまう。相手がずっと話し続けて自分はそれを聞いているだけなので楽、という部分が大きいからなのだが、相手がどういう人なのか知ることもできるので重宝している。しかし、やり過ぎてしまうのもよくない。会話はキャッチボールなのだから。

「いいえ、構いません。小学生の頃は勉強しかしていませんでした。親に言われるがまま、受験のための塾に通っていたので。塾がない日も宿題に追われて、友達と遊んだ記憶はほとんどありません。受験が終わって中学校に入ってからはさすがに時間はできましたが、放課後に友達と遊ぶ習慣がなかったので、結局一人で過ごす時間の方が多かったです。私も本が好きだったので、今度は読書ばかりしていました」

彼は息継ぎをすると同時に、大きなからだを浮かせて椅子に深く座り直した。木製の椅子が軋む音がつるりとした壁に反響する。

「ちなみに私も図鑑は好きでしたよ。そこで得た知識は受験にもとても役に立ちました。でも、私もあなたみたいに、純粋に知識を楽しめる子どもだったら良かったのにと思います」

言葉の最後に小さな笑い声が発せられて、会話に区切りがつけられた。少しして、急に真顔になる。

僕は覚悟を持って次の言葉を待った。種子の中の胚がとても柔らかいように、核心は傷つきやすく、脆い。

「それでは、本題に入ります。あなたが妹さんのからだを触るようになったのはいつからですか？」

記憶が言葉にされて、鋭利になった。わかってはいても、改めて言われると自分のした行いに虫唾（むしず）が走る。

「……高校受験の時だったので、僕が中学三年生の時です」

卓越しの彼は感情を表すことなく、あくまで淡々としている。

「妹さんを触ってしまったのと高校受験は何か関係があるんですか？」

「多分、ストレスか何かが関係していたのかもしれません」

「高校受験にストレスを感じていたんですね？」

「……はい。自分の学力では見合わないような進学校を第一志望にしてしまって。当然模試の判定は散々でした。それでも諦めきれず、勉強を続けたけど、やっぱり結果はついてきませんでした。それで、ずっと苦しくて、ずっとむしゃくしゃしていました。でも、その道を選んだのは親とか塾の先生に言われたからではなく、百パーセント自分の意思でした。だから、私が悪いことには変わりありません」

「そのストレスを作ったのも自分だから、自分が悪いということですか？」

「はい」

このやりとりの間、僕と彼の目は一度も合わなかった。僕は目の前の花をずっと見つめていたし、彼は床のどこか一点にずっと視線を向けているようだった。人と人との会話としては不完全なのだろうけど、この話題に限ってはその方がありがたかった。

都心の古いマンションの一室に沈黙が訪れる。建物の前を車が通り過ぎたようで、高価そうに地鳴るエンジン音が近づいてきて遠ざかった。この部屋は階層も低いから、外の音が結構入ってくる。

「話を少し戻します。どのように触っていたんですか?」

「最初は近づいてきた時に追い返そうと、小学生の時みたいに首や脇をくすぐっていました。そこからだんだん頭やお腹、足とかの他の部分に移っていきました。それもだんだん、ここを叩いたらどうなるんだろう、みたいな小さな好奇心が出てきて……」

忘れようとしていた妹の感触を思い出す。首や脇、骨が近い部分は硬くて、お腹や太ももみたいな肉しかない部分は柔らかい。

「中学三年生からいつまでその状況は続きましたか?」

「高校を卒業するまでです」

「なぜ高校を卒業したタイミングで終わったのですか?」

「僕が大学に入って、一人暮らしを始めたからです。実家を離れたので、そこで終わりました」

「一人暮らしをせず、実家暮らしのままだったら、続いていたと思いますか？」

「……はい」

大学に入って、妹から離れて、僕は事の重大さに気づき始めたのだ。もしかしたら自分は取り返しのつかないことをしてしまったのかもしれないと。

「妹さんが嫌いだと言っていましたが、なぜその妹さんが性加害の対象になったのだと思いますか？」

「……一番身近だったから、いや、それよりも抵抗しなさそうだったからかもしれません」

「兄であるあなたであれば、妹さんは拒否しないと思ったと？」

「そうかもしれません。その頃には、前ほどはべたべたして来なくなりましたが、僕との距離が近かったのは事実です」

「距離が近いと思った理由はなんですか？」

「僕が無視したり、叩いたりしても、構わずに近づいてきて、一緒に遊んでほしいと言ってきました。もしかしたら、僕に特別な感情を持っているんじゃないかと思うほどでした」

「もし妹さんが弟だったとしても、その状況になったと思いますか？」

僕は答えに窮した。自分にとって不都合なことには蓋（ふた）をして、考えないようにしてきた。その事実が改めて突きつけられる。僕の頭の中に形を持って現れて、鋭い槍先（やりさき）で脳を突く。

「今、一つ気づいたことがあるんですが、言葉にするのを躊躇(ためら)うほど、気持ち悪いです」

「言いたくなければ言う必要はありません」

僕は大きく息を吸って、吐いた。

「僕がからだを触り始めた頃、確か妹は小学五年生だったと思います。その頃生理が始まったんです」

僕は続けた。

「先ほど言った通り、生理の知識自体は持っていたので、妹がトイレに無造作に置いていた四角くて黒いビニール袋が何を意味しているかはわかりました。僕は五年生の頃に性的な意味での男女の区別を知るようになりました。その時と同じ歳に妹もなったんだと思ったら、妹が急に女性に見えてきたんです」

自分の加害性をあえて明確にするように、僕は最後の言葉を頭の中で繰り返した。これが僕の結論だった。

「今は妹さんとの関係はどうなっていますか？」

「僕が実家を離れてから、一度も話していません。学生時代、帰省するたびに妹の口数が減っていって、目の奥に生気を感じなくなっているのに気づいた時、怖くなりました。それから、大学を卒業して、去年今の会社に就職した後は、負い目もあって実家には帰れていません。母親によれば、妹は去年高校を卒業してからすぐに就職して、一人暮らしを始めたそうです。あんな思い出があった家なんて、すぐにでも出て行きたかったのかもしれません」

彼は、そうですか、と言ってそれ以上掘り下げなかった。話を終えようとしているのがわかったので、僕も自分から付け加えることはしなかった。

「……最後に、なぜ私にこのことを話しても良いと思ったんですか？」

僕は彼に最初にコンタクトを取った時のことを思い出した。送信ボタンを押す時の手は震えていたけど、押さなければならないと直感していた。

「僕は自分が加害者であることを外から指摘してもらいたかったんだと思います。加害者であることを一生背負って、償い続けろと言ってもらいたかったんだろうと思います。カウンセラーはそうは言ってくれません。だから、あなたのツイートをたまたま見て、これだと思ったんです」

そのツイートには性加害者についての記事を書くため、当事者に取材がしたいと書いてあった。僕はその素性すら怪しいライターにDMを送った。妹への虐待経験があること。それを悔やんでいること。すぐに場所と日時を示されて、インタビューをさせてほしいとの返事があった。僕はもちろん快諾した。

その後でツイッターが閉じられるというニュースが出た時、勝手に運命的なものを感じた。

「中立的でなくても構いません。反省していようといまいとに関わらず、断罪するつもりで書いていただいて結構です。むしろ、そうしていただいた方が僕の気は晴れます」

「わかりました。ですが、記事の内容はこれから検討して決めます。原稿ができたら一度送りますので、その内容を見て、何かあれば言ってください」

わかりました、と僕は言って、この取材は終わった。席を立とうとした時、なぜか目の前の花の名前がユリであることを思い出した。有名な花だ。ユリは常にうつむいていて、人と目を合わせようとしない。

「最後にもう一つだけお聞きしてもいいですか？」

「はい」

「ツイッターが一番性に合った、とおっしゃいましたが、自分で、それはなぜだと思いますか？　すみませんね、なんで私たちはあんなにツイッターに囚われてきたんだろうと気になったもので」

確かに、何でツイッターが一番性に合ったんだろう？　少し考える。小学生の記憶をたどって、十代の記憶をたどって、アイとカイトの作者にリプライを送った時の記憶をたどる。当時の言い表せないぐにゃぐにゃした感情と、それでも何かを言いたいという、焦燥感と共にある意思。その時、濁った川の中に突っ込んだ手に、何かが触れたような感覚がした。

「今、自分でこの話をしていて思ったんですが、ツイッターってちょうど良かったんだと思います」

「ちょうど良い？」

「はい。例えばフェイスブックは実名すぎるし、2ちゃんねるは匿名すぎます。ツイッターはその間で、匿名だけど自分があったんです。僕は実名で加害者を名乗る勇気はなかったけど、ツイッターなら、名前を隠しても、僕自身を保ったまま話ができる気がしたんです」

「……なるほど」

何か言いたげだったが、彼はそれ以上掘り下げなかった。

「ほんのお気持ちですが」と封筒が差し出された。こういう取材を受けるのは初めてなので、一瞬何をされているのかわからなかったが、すぐに中身は予想がついた。本能的に受け取りたくなかったので断ろうとしたが、有無を言わせないほどの強い口調で制されたので、受け取ってしまった。

僕はこれからどうすればよいのか。自分が犯したことを本当の意味で受け入れて償うためにはどうしたらよいのだろうか。直接妹に謝罪をしたほうがよいのか、しない方がよいのか。むしろ性犯罪者の烙印（らくいん）を何か見える形で押されて、牢屋に閉じ込めてもらった方がわかりやすくてよい。自供するとしてもツイッターはもう使えないな。そんなことを考えながら狭いエレベーターで二階から一階に降りた。

マンションを出た後に封筒の中を確認したら、三万円が入っていた。これが高いのか安いのかも僕にはわからない。寄り道をせずに駅まで向かおうと思った。

Twitterが終了したので、
ここでしか繋がっていなかった助手との関係が切れた。

斜線堂有紀

Shasendou Yuuki

Twitter が終了したので、ここでしか繋がっていなかった助手との関係が切れた。

嘘だろ、イーロン・マスクが Twitter を魔改造し続けていることは知っていたが、それにしたってもっと保つと思っていた。なんだかんだで永遠がそこにあると思っていた。だから俺は、移住先なんか考えずにのうのうとしがみついていたんだ。どうせ終わるんなら、せめて予告の一つくらいしてくれよ。みんな逃げ遅れちまってるんだよ。

ああ、確かに Twitter はカスみたいな場所で、一刻も早く無くなるべきな地獄ではあった。有名人に日夜投げつけられるクソリプ。炎上の種を探してるハイエナども。ＲＴするだけで一万円をやると嘯（うそぶ）くスパムアカウント。神待ちの女子高生達は変な男に引っかかって殺されてるし、子供を轢（ひ）いた『上級国民』の晒（さら）し上げや、明らかアウトな裏垢（うらあか）女子のエロ写メ投稿、頂き女子の詐欺マニュアル、規制もクソもないスナッフの投稿など、こうして列挙してくと、ほんとに無くなってよかったよな？

けど、俺にとっては大事な場所ではあった。

なにせ、俺が行沢遠助（ゆきざわとおすけ）ではなく、名探偵・ホム沢（ざわ）でいられるのは Twitter だけだったからだ。

そう、俺が皆様ご存じ『ホム沢』の中の人である。フォロワーは脅威の二万七百七十三フォロワーだ。今となっては泡に消えた数字だが、これはちょっとしたもんだと思う。俺は別にアイドルでも配信者でもないんだぞ？　なのにこの数字だ。すごいよなあ。本当に、マジで、失いたくなかった。

アイドルでも配信者でもない、なのにフォロワー二万人超えの俺の職業は、探偵である。しかも、リアルで事務所を構える探偵じゃなく、Twitter に事務所を構える Twitter 探偵である。

『リアル事務所を開ける日を夢見て。あなたの依頼に誠心誠意お答えします。ご相談はＤＭから。ホム沢』

これが俺の最初のツイートだった。マジで最初はえっちな男性を探している女か、副業で二千万稼ぐ方法を教えてくれる男しかフォロワーがいなかった。まったく、Twitter の治安が悪いのは、こういう奴らを排除出来ないからなんじゃないか？　普通のアカウントをＢＡＮしてる場合じゃねえよ。

最初はまともな依頼が来なかったものの、せっせとアマギフを配るＲＴキャンペーンをやっていた甲斐もあって、ＤＭにスパム以外のメッセージが来るようになった。まあ、大抵はTwitterでの揉め事を仲裁してほしいとか、誹謗中傷(ひぼうちゅうしょう)を繰り返してくるこのアカウントの主を特定してほしいとかだったんだが――（残念ながらそれは弁護士の方が役に立つ）――ごく稀(まれ)に、いなくなった娘を探してほしいとか、ネットロアにされてしまった殺人事件を解決してほしいとか、そういう俺向きのものが飛び込んで来た。

俺は殆(ほとん)どタダ同然で依頼を引き受け、ネットと現地調査を駆使して解決にあたった。現地をあたるのは週末しか無理だが、ネットの海なら夜更かしすればいくらでも泳げる。

普通の探偵より時間はかかったと思う。何しろ俺はTwitterを根城にしている素人(しろうと)探偵である。正直、探偵活動だって趣味みたいなもんだ。でも、趣味だからこそ粘り強く続けられた。こんなことを犯罪絡みの稼業で言うのもなんだが、好きなものっていくらでも出来るだろ？

で、俺はちょっとずつ依頼をこなしていった。

で、フォロワーがちょっとずつ増えた。

で、俺の活躍がバズった。

Twitter の Twitter ドリームらしいところって、一回バズってフォロワーが増えりゃ、後は倍々ゲームになるところなんだよな。見てくれる人間が増えるから拡散されるようになるっていうグッドスパイラル。百人と二百人ってTwitterにおいては結構違う。百人の時にはバズらなかったものが、二百人の時には案外バズる。

フォロワーが千人を超える頃には、ありがたいことにクソリプアンチマンも増えてきた。

『素人のおっさんが探偵気取りって、それ自体がもう犯罪だろ』うっっっっっせぇぇぇぇよ！ じゃあお前は他人の娘を探しにトー横巡り出来んのかよ。素人探偵であるところの俺はやらない善よりやる偽善をモットーにしている。

そういう俺のポリシーって意外とTwitterではウケがいいんだよな。現実で言うと鼻白むような理想って、Twitterではそこそこに映える。俺は、実際にちゃんと事件を解決してたわけだし。

で、Twitter探偵が本業じゃない俺は、段々と依頼の全てを捌くのが難しくなってきた。DMを一件一件精査するのも大変だし、それに返信するのだって精神的なコストを使う。

そこで俺が考えたのはTwitter助手で、現れたのが助手太郎だった。

ホム沢『業務が手広くなってきたので助手募集します』
助手太郎『僕でよければやりますよ』

リツイート直後のツイートを表示するツールを使わなくても分かるくらい即レスだった。二年前に作られたアカウントのくせに、フォロワーゼロの完全なロムアカウント。しかもアイコン未設定で、フォローしてるのは俺とファッションプレスと人間食べ食べカエルのみ。わっかんねえ〜よ、なんかその二つをフォローしてるの、逆に怖い。ていうか、助手に採用される前からその名前なの？　マジで怖い。

なのにＩＤはデフォルトなの？　全部怖い。

でも、俺は助手太郎を助手として採用した。助手太郎がいの一番に名乗りを挙げた所為(せい)で、他に誰も名乗り出なかったからだ。Twitterってこういうところあるよなあ！　周りのことめっちゃ気にして、出方を常に窺ってる後出しジャンケンみたいなとこ！　いや、単純にTwitter探偵の助手なんてきな臭いもんになりたくないのかもしれないけど。

ホム沢『それじゃ、まあ。よろしく』
助手太郎『よろしくお願いします』

俺が助手太郎の初めてのフォロワーになった。
そっから助手太郎の快進撃が始まる。

端的に言うと助手太郎は優秀なやつで、バリバリ連絡を返してバリバリ依頼を捌いていった。それだけじゃなく、俺の手の回らない調査や下調べなんかも請け負って、なんかもう本物の助手より助手って感じだった。俺は本物を知らんけど。

助手太郎『ホム沢先生。二十七日までに届いた依頼には全て返信済みです』
ホム沢『おう、助かる』

日中働いている俺と違って助手太郎はなんだか好きに時間を使えてしまうようで、本当に、いや本ッ当に、俺の探偵活動に貢献してくれたと思う。てか、ホム沢として解決した有名な事件の大半は助手太郎と一緒に解決したものだ。

本当に参っちゃうね。

なんだかっていうアイドル——あ、そうそう青メルだか、いや、東グレだか（ここの記憶が怪しいのはまずい。燃える。Twitter 終わっててよかった）の脅迫事件を解決したのも、当時流行ってた寿司ペロテロ犯の大学生を捕まえたのも助手太郎と一緒。この大学生、結構いいとこの子で親御さんも反省してて可哀想だった。結局弁護士と相談して、どうにか誹謗中傷と私刑執行を止めさせたけど、俺への批判もデカくなったし、あれは嫌な事件だった。

でも、嫌な事件であったけど、注目度はあって。
ホム沢のフォロワーも伸びに伸びた。

助手太郎（DM）『ホム沢さんはちゃんとやったと思いますよ。あれ以上犯行は重ねさせなかったですし、晒（さら）した人間には法的措置を取るって脅しつけたし、あとは警察に任せましたし』
ホム沢（DM）『そうなのかね。俺が待ち伏せして説得もどきしなくても、いずれ捕まっただろ。それなのに俺は野次馬根性でしゃしゃり出て』
助手太郎（DM）『掲示板見ました？』
ホム沢（DM）『ありとあらゆるもの見た』
ホム沢（DM）『発言小町まで』
助手太郎（DM）『Twitter が絡んだ事件である時点で、万全な終わりなんてないと思いますよ。というかフォロワー一万超えてます』
ホム沢（DM）『なんでお前は一万二千いるの？』

そんなやり取りが出来る程度には順調だった。いや、事件とかではしゃいじゃ駄目だよな。

でも、俺がやってるのは趣味の探偵活動で、主戦場はTwitterだ。Twitterなんて不謹慎な場所で犬猫探しに精を出していた俺達のことを、まあちょっとは認めてほしい。

悪いことばっかじゃないから、俺のフォロワーは二万七百七十三人になったし、助手太郎のフォロワーは三万六千二十一になったんだと思う。ていうか、そう。なんかしんないけど、俺よりも助手太郎の方がフォロワー数は多かった。単にホム沢探偵事務所の連絡窓口が助手太郎のDMだった……てだけじゃないような気もする。

何しろ、

助手太郎すこすこ侍『今回も太郎ぴの活躍で事件が解決したようなもんですよね。そろそろ助手太郎ではなくホム太郎として独立してもいいのでわ……。』

ってアカウントがあったくらいだ。しかも一つじゃなく、大量に。

俺は普通のおっさんらしさを隠さずに、泥臭く探偵稼業をやってたから、中の人間が見えづらい助手太郎にそういう人気が集まるのが分かる。っていうか、助手太郎のムーブは助手っていうより有能な秘書みたいで、そこが女の子にはまたたまらないんだろう。

おまけに、最初は怪しさ満載の匿名アイコンだった助手太郎は、いつの間にか万人受けする猫アイコンに変貌していた。それも、ちゃーんとフリー素材である。そこフリー素材なんかよ！　って思うけど、誰の権利も侵害してないってのは、こと Twitter においては安心しかない事実だ。

猫アイコンってかぁーわいい。っていうことで、助手太郎は更にチヤホヤされ、俺と太郎のどうでもいいやり取りがまたほのぼのでかぁーわいいってことになってチヤホヤされて、俺は概ね満足していた。アンチが「終わってきてる人間が必死で媚びてるのって死にかけのセミみたいで胸痛くなる」って引リツしてきても、まあ気にはするけどそんな甚大なダメージは受けなかった。ブロックしたら効いたと思われそうだったから、ミュートした。マジでミュートってありがたい。Twitter では人間が人間として扱われないから、俺はほぼ毎日何らかの形でボッコボコにされていた。『ドラマ観てたら某探偵っぽい偽善者が信用してた秘書に殺されてて、最高‼！』とか、上手いこと訴訟を回避出来るギリギリの誹謗中傷なんか慣れっこだ。いやあ、この最低のライフハックが流行らないことを願う。

それでも俺は、この地獄のような Twitter で幸せだったのだ。太郎もそうだったと、思いたい。

助手太郎『頼まれていた資料用意出来ました』

ホム沢（DM）『たすかる』

助手太郎（DM）『ちょっと問題がありまして。調査してる間に例の息子さん見つけてしまったんです。もう事件解決ですね』

ホム沢（DM）『え、まじかよ』

助手太郎（DM）『拾い解決なのでどうしようかと。ホム沢先生の手柄にして頂いていいんですけど』

ホム沢（DM）『拾い解決ってなんだよ』

ホム沢（DM）『あ、まさか拾い画からきてる?』

助手太郎（DM）『Twitter に投稿されてる画像を無断転載して拾い画って言ってるやつってムカつきません？　そいつが「拾い師」とか名乗ってたら余計に。何が師なんだよ』

ホム沢（DM）『なんか拾い師に恨みあんの?』

助手太郎（DM）『拾い師を名乗って無断転載するのは絶対悪です」

ホム沢（DM）『いいよ。拾い解決はお前のにしろよ。Twitter で唯一拾っていいものだよ』

助手太郎（DM）『僕のフォロワー増えちゃいますね』

ホム沢（DM）『これ以上差が開くと困る』

先方から戻ってきたクソみたいな指示を反映して戻す。適度に手が空いてそうな部下にSlack で指示を飛ばす。業務って概ね Twitter みたいだな、いやむしろ社会の全てってTwitter ぽくない？

どこにでも転がっている三十四歳男性、行沢遠助の本業はしがない広告代理店勤務である。大手じゃないから適度にゆるい。でも趣味に精を出せるほど暇じゃない。でも、嫌いな仕事ってわけでもなくて、むしろ好きではある。ただし、一番じゃない。そういう仕事だ。少なくとも、子供の頃の俺は広告代理店に勤める人になりたい、とは書いていなかった。

疲れ果てて取った昼休憩で、なんと自販機のクジが当たった。明らかに身体に悪そうなカフェイン盛り盛りの缶コーヒーが二本転がり出てきた。うれしいけど死ねってこと？

って、Twitter があった時代なら即座に呟いていたと思う。運の良いことが起こりましたよーって報告＋ちょっとした社畜ネタツイみたいな感じで。

Twitter が無くなると、こういう日常のちょっとしたことを報告する場が無い。報告出来ない時点で、こんな缶コーヒーに何の意味があるだろう？　というか、Twitter が終わってから気づいたけど、俺は結構、寂しい。付き合ってる女性はいないし、当然結婚もしていない。今まではフォロワーが多く、飯を食べてる時にもフォロワーと会話していたから気づかなかったが、俺は結構孤独な人生を送っていたのだろうか？　そんなはずはない。

Twitter の中には血の通った人間がいる。その交流がまやかしなんかじゃないことを、俺はちゃんと知っているのだ。

とはいえ、その Twitter が無くなったから、結局俺は血の通った交流の全てを失ってしまったわけだが。

誰にも報告出来なかった幸運の一本目を啜(すす)りながら、俺は助手太郎のことを考える。

助手太郎について知っていることは、びっくりするほど少ない。

まず、男であること。これについては、助手太郎が助手になる時に確認した。「太郎って言ってるんだから男でしょうよ」なんて奴は言っていたが、Twitter での名前なんて何の信用にも値しない。っていうか、人間食べ食べカエルが本当にカエルだと思ってんのか？　俺はそれでも、助手太郎が探偵助手に憧れるうら若き女学生である可能性を疑い続けてはいたのだが——まあ、色々ＤＭなんかで話してると、まあこいつ男だよな、男の解像度高すぎるよなって思ったので、多分男。あと、資料を送ってくれた時に見切れていた手とか爪が結構男。無骨な深爪気味なので、ネイルの趣味は無さそうだ。

で、何度も強調されていたから俺よりは年下であること。多分……二、三個下。場合によっちゃ、六歳くらいは幅があるか。ただ、やっていたゲームとか観ていた子供番組の話で、こんくらいの幅だろうっていうのは絞れた気がする。Twitter で昔の話するのって何であんな楽しいんだろうな？　助手太郎は何故か本当の年齢を教えてくれなかったけど、まあ、Twitter って年齢の話あんましないもんな。とはいえ、助手太郎は多分二十代後半から俺と同い年くらい。

あとは全然わからん。Twitter で話すことといえば探偵活動の話か、そうでなかったら趣味の話だけだからだ。助手太郎はＴＣＧが好きで、ポケカの新弾が出る度に開封動画を上げていた。あと、なんかガチャが引き放題だからって理由でちょっとブルーアーカイブに手を出していた。ミカの為にリセマラした。なんか、アニメもよく観てる。俺がもう追えなくなったアニメ達をきっちり観てる。オタクなんだと思う。あと暇なんだと思う。……これ言うのちょっと躊躇(ためら)うけど、ピンク髪のキャラにめちゃくちゃ弱いし、細めの身体のキャラが好き。多分寝取られ属性がある。

これだけ好きなもののことは（なんとなく）分かってしまうのに、俺は助手太郎がどこの誰か全然分からないのだ。

Twitter が便利すぎたのがいけないんだと思う。だってＬＩＮＥ無くてもＤＭでいいし。ていうか俺と助手太郎ならそもそも空リプでいいし。空リプないしリプライで会話してると、俺達のファンは結構喜んでいいねしたり Togetter にまとめてくれたりしたのだ。マジで、外に行く必要なんか無かった。Twitter 終わるとか思わないから、マジでそこに比重を置きすぎていたのだ。

あ、とここで俺は思い出す。イーロン・マスクが Twitter の鳥を謎の犬に変えたあの日、助手太郎は俺にDMを送ってきたのだ。

助手太郎（DM）『Twitter 終わったらどうします』

え、こいつまさか Twitter が青い鳥じゃなくて犬になったから不安になってんの？　まさか、そんなきっかけで終わりゃしないだろ、鳥派か？　と思って、俺は適当に返した。

ホム沢（DM）『そしたらコンビ解散かもな』

小粋なジョークのつもりだった。空が墜(お)ちるか心配した昔話の馬鹿を笑うみたいな感覚だった。結構面白いやり取りだし、スクショして後で Twitter に載っけるか、と思った。

助手太郎の返信は汗を掻いた黄色い顔の絵文字だけだった。おいおいリアクションだけかよ。でもこれはこれでシュールで面白いな。ウケそう。

とかなんとか言っている内に、スクショを載せていいねを一稼ぎする場が消えた。

本気で後悔してる。妙なことは言わない。強がりもしない。助手太郎と連絡先交換しとくんだった……‼‼　ディスコードでもいい、ＬＩＮＥでもいい、Skype でも Zoom でもいい。Twitter が終わった後の待ち合わせ場所を設定しておけばよかった‼！　なんでこうなんだ？　イーロン、終わるなら一日前に言ってくれよ。そしたら俺もディスコのアカウント作ったよ。あれ？　別のとこのサービスに誘導しようとしたらＢＡＮされるんだっけ？　どういうことだよイーロン。

俺はもう助手太郎に連絡することが出来ない。助手太郎のことなんか何も知らない。今期のアニメでどいつが推しかは答えられる。でも、それ以外はわからない。

ただ、俺は思うのだ。俺は助手太郎よりもずっと自分のことを開示してきた。多分、個人情報も知らず知らずのうちにガバッてたはずだ。

俺より優秀な助手太郎は、どうして生身の俺を見つけてくれないんだろう？

Twitter が欲しい。こういうやるせなさを呟いて、フォロワーと共有したい。でも、それも出来ない。部下にはこんなこと話したって理解されない。

俺って、一体何を、どこまで失ったんだろうな？

「ホム沢さ〜ん。Twitter の終了した世界へようこそ〜。Twitter が終われども何にも特別じゃないカフェ、ラビットバンケット＠は〜るへようこそ☆」

退勤後に、某所へ寄った。店の中に入るなり、きらっきらの声に迎えられる。

ここは所謂コンカフェで、俺を迎えたのは Twitter ネーム『絶対負け子ちゃん』こと今梁ミスカである。ミスカは不思議の国のアリスに出てくる三月兎のドレスを着て、胸にぴかぴかの『ミスカ』というネームプレートを付けていた。

「『絶対負け子ちゃん』は完全に辞めたんだな」

「辞めたっていうか、ああいう名前って Twitter じゃないと通用しないんですよ。私はもうインスタに移行したから、本名でやってくわけです。仮に Misskey とか行ったり、例の Bluesky とかきたら『絶対負け子ちゃん』にしようかなあと思うけど」

「確かに、インスタは今梁ミスカのが似合うよなあ……」

それもただの感覚であって、別に何の根拠も無い発言なんだが。俺がホム沢アカウントをインスタに作れないのと同じだろう。ちょっと浮いた雰囲気になるのが、もっと言うならスベるのが怖くて、なんか躊躇う。

『絶対負け子ちゃん』は、俺の——というよりは、ホム沢の古参フォロワーだ。何度か誹謗中傷の相談に乗ったり、自宅凸案件の相談に乗ったりしている、依頼人兼友人である。俺のフォロワーが五十未満の時から見守ってくれている相手なんて、最早家族みたいなもんだ。そうだろう？　俺は『絶対負け子ちゃん』がミスカであることを知っているし、ミスカは俺が行沢であることを知っている。

「まーだ助手太郎さんと連絡取れないんですか。Twitter が終わった日、泡食ってここに駆け込んできてから早二週間くらい経ちましたよねえ」

「音沙汰無しだ。方々でアカウントを探したりしてるんだが」

「うーん。どこで待ち合わせか決めてないとねえ……。ネットに放流された関係っておしまいですよ。私なんかはこの店にいるって分かってるから、Twitter が終わっちゃっても会えはするんですけどね。私からフォロワーに会いに行くことは出来ないんですよ。一方通行」

　一方通行。その通りだ。俺のフォロワー達も、もう俺を見つけることは出来ない。みんなは俺のことを惜しんでくれているのだろうか。それとも俺のことも Twitter も忘れて、新しいＳＮＳで新しい推しを見つけているんだろうか。ミスカのおすすめである映えクリームソーダを飲みながら、俺は一人溜息を吐いた。こんな若干不味い、でも映えるドリンクを飲んでも写真を上げる場所が無いんだもんなあ……。

「ホム沢さんもリアル事務所構えたら助手太郎さんが戻ってくるんじゃないですか？」

「あー……そういう可能性もあるのか」

ミスカのこの店の如く。

Twitter 以外の場所にホームを作って、かつてのフォロワーを待つ。

それが Twitter を失った人間のやるべきことなのかもしれない。俺もそう思う。

けど、それで再会出来なかったら？

凍結された本アカの代わりに作った新アカにフォロワーが全員付いてきてくれるわけじゃないように、ホム沢探偵事務所に太郎のやつが来てくれなかったらどうなるのだ？

再会の目印が無いって言い訳が使えなくなったら、人間関係の終焉を突きつけられる感じがして怖い。この歳になると、一回懐に入れた人間から切られる経験とか無理なんだよなあ。ていうか、太郎って優秀なんじゃないの？　俺がラビットバンケットにいることくらい推察してくれよ！

「ま、でもそうなったら本格的に会社に副業届とか出さないとですもんね。Twitter でホム沢とか名乗ってるのとはまた違う責任が発生するかあ」

「……そもそも、事務所開く金が無い」

「Twitter がまだ生きてる内に、Twitter サブスクとかやっとけばよかったですよねえ。二万人もフォロワーいたら結構投げ銭集まったんじゃないですか」

「あれ大分しょっぱい金額しか入らないんだぞ。大部分が Twitter に取られるんだって」

それでも、助手太郎と一緒にやったら、小遣い程度にはなったのかもしれない……。そうしたら、適度に美味い肉とか食って、それをまた Twitter に載せていいねを稼いで、名札の付いた肉を食べたりして……。サブスクがちゃんと機能していたら、Twitter が今も生きていたのかもな、とすら思う。みんな、真面目に Twitter に金を払うべきだったのかもしれない。

「ありゃ、大分重症ですね。なんか、思い詰めてます。いやー、インスタ始めて分かったんですけど、Twitter にどっぷり浸かった人って Twitter でしか息出来ないんですよ。ノリがちょっと違うもん」

「やめろよ。線を引くな」

「なんで無くなっちゃったんでしょうね。みんなから鬼嫌われてたおすすめタブ、私結構使ってたのにな……おすすめタブを開くと、知らないフォロワー同士の喧嘩とか、あんまり詳しくない界隈（かいわい）の炎上とか無限に見られて楽しかったな」

「やっぱり Twitter 無くなってよかったなって思っちゃうだろうが」

俺が言うと、ミスカはけらけらと笑った。そんな陰湿な使い方をしていたくせに、ちゃっかりインスタに乗り換えやがって。

「ていうか、ホム沢さんと助手太郎さんってオフで会ったことないんですか？」
「Twitter でのフォロワーとほいほい会ったら危ないだろ。リテラシー無いのか」
「っていう茶番は置いておきまして」
「……いや、本気で会ったこと無いな。結構初期の頃は打ち上げしようとか、気になる映画があるとかで誘ってたんだが、嫌がられて」

それが、俺と奴が別の連絡手段を持たなかった理由でもある。

助手太郎（DM）『すいません。僕、Twitter とプライベートは分けたいタイプなんです』

こんなこと言われて、それでも食い下がれるか？　食い下がれるわけないだろ。だって、Twitter だもん。インスタとかならまだしも、Twitter はプライベートと切り離した過ぎるだろ。俺も「あ、まあそうだよな……」しか言いようがねえよ。助手太郎は実は可憐な女の子で、ホム沢とオフで会うのに警戒心を抱いている……って可能性も無くはなかったが、それを信じるには Twitter はあまりにカスなSNS過ぎたのだ。俺も、職場の人間にホム沢アカウントのことをバラされたら死ぬ。

あるいは、単にプライベートで会うほどの仲でもなかった可能性もある。俺は太郎と朝までＤＭしてたことがあるが、ぽんと浮いた夜の暇つぶしの相手なんて、俺じゃなくても多分よかった。俺も多分、太郎じゃなくてよかった。あの意味の無さ、誰でも良さが、Twitterだ。

「え、でもTwitterフレンズなのはいいとして、もくりとかやってないの？　そもそもTwitterにはスペースがあったじゃん。ホム沢さん、寂しい夜とかによく開いてたでしょ」

「寂しかったから開いてたわけじゃない。喋りたかったからだ」

「あーでも、助手太郎さんが参戦してた記憶無いや」

「何回かスピーカーに招待したけど、あいつが上がってきたことは一度も無い。リスナーにはよくいたんだけどな。たまに拍手の絵文字を送ってくれたけど、喋らなかった。ていうか、必ずスペースに来てくれたわけでもないしな。助手のくせに……」

「助手って探偵のスペースを絶対聞かなくちゃいけないんですか？　やだな」

あ、ていうかあ、とミスカが瞳を輝かせる。

「気づいちゃったんですけど、太郎くんって芸能人だったんじゃないですか？」

「なんだそれ。どういう推理だよ」

「きっとジャニーズとか、にじさんじとかなんですよ。ていうかろふまおなんですよ、多分。だからスペースとか上がってこられなかったんです。声でバレちゃいますからね。うわ、完全に分かっちゃった。解決です。助手太郎の浮上時間とろふまおの浮上時間が被ってないか調べましょう」

「俺にじさんじはまだ分かるけど、ろふまおの『ろ』が誰で『ふ』が誰かとか全然分かんない」

「あちゃー、全然駄目だ。被りまくってる」

「なんなんだよ」

でも、ミスカの言っていることは結構的を射ている気がする。要するに、太郎は俺に会ったり声を聞かせたりするのが嫌だったのだ。……本当に女の子だったのか？　人生で一番泣いたエロゲに『H_2O－FOOTPRINTS IN THE SAND－』を上げてくるけど女の子？

もしくは、一切声が発せられない人間か。

ずっとやり取りしていた人間が、なんだか得体の知れない存在になってしまったような感覚がする。え、もしかして、お前って声が出せない状態に、あるいは境遇にあったのかな。ていうか、俺は俺でどうして助手太郎に食い下がんなかったんだろう？

俺達ってやっぱり通話とかしとくべきだったんじゃないのか？　一回は目を見て話すべきだったんじゃないのか？

ホム沢『お前タイピング早いよな。けど、打つのダルくないの？』
助手太郎『文章の繋がりが悪すぎますね』
助手太郎『別に。打った方が楽です』

俺はごっこ遊び探偵。明らかに怪しい助手の態度をスルーする。

ていうか、俺と助手太郎ってどういうフローで生きてたんだっけ？　Twitter での会話って、あまりにも身に残らねえ……。

「ホム沢さん、諦めちゃ駄目ですよ。ホム沢さんが打つ手無しなら、もっと助手太郎さんに詳しい人達に頼るんです」

「そんな奴いるか？　相互フォローだって全然いないのに」

「いますよ。もっと真剣に助手太郎さんに向き合い、考察し、少しの情報も取りこぼすまいとしていた人達が」

そう言って、ミスカはにっこりと笑った。

「助手太郎萌え界隈の力を借りるのです」

「ほう？」

目を輝かせるミスカは、まるで助手めいていて、俺は太郎の『助手は替えがききますからねえ』というツイートを思い出す。

助手太郎「なんでホム沢さんって探偵やってるんですか」
ホム沢「なんでとか、やりたいから以外にないだろ。だってここ Twitter だぞ?
VTuber でも神でもやりたいことは何でも出来るんだぞ」
ホム沢「なんで○○やってるんですか、は Twitter の外で聞く質問だぞ」
ホム沢「ていうかなんで太郎は助手やってんの」
助手太郎「死ぬまでの暇つぶしです」

俺は Misskey にアカウントを作った。勿論、助手萌え界隈と接触する為である。Misskey ではサーバー? を選ぶ必要があるらしく、そこら辺は全部ミスカに手引きしてもらった。俺がいるサーバーは二次創作をメインとして創作アカウントが集まっているらしい。

「俺は創作アカウントじゃないんだが」

「まー、探偵って作品を作ってるという意味で創作アカウントみたいなもんでしょ。ていうか、どうせここでメイン活動するわけじゃないんでしょ」

ミスカが適当に流して、かちゃかちゃとメッセージを打つ。ちなみに、太郎のことを検索したが新規アカウントは無し。俺に直接接触してくる太郎アカウントも無し。……あいつってマジで移住してないの？　それとも、実はTikTokにいるのか？　短いフレーズに合わせて踊ってるのか？

そうこうしてる内に、ミスカの準備が整って、俺はミスカの猫耳ヘッドホンを装着させられる。

「もくり使おうかと思ったんですけど、ホム沢さんはディスコのがまだ馴染みあるかなって」

「まあそうだな……。ていうか、もくりってTwitterが無くなってどうなったんだ？」

ディスコのルームには四人の人間が入っていた。俺もルームに入り、まずは挨拶をする。

「こんにちは」

『こんにちは』

『わあ〜スペースで聞いてたホム沢さんのまんまですね。まるでTwitterが戻ってきたみたい』

『本当ですね。ホム沢さんお疲れ様です！　ホム沢さんのスペースよく聞いてました！』

もっと恐縮されたりするかと思っていたのだが、週一のペースでやっていたスペースのお陰で、俺の声に慣れている。というか、よく見ると『みるきーあどらー』とか、俺の古参フォロワーな気がする。いつの間にか助手太郎萌え界隈になってたのかよ。

そんなことを考えている場合でもない。俺が知りたいのは助手太郎の行方、奴の個人情報なのだ。

「君らは助手太郎推しなんだろ？」

『そうです。ずっと助手太郎さん推しです』

『主に助手太郎さんのツイートレポとか描いてる人です』

『あ〜私はどっちかっていうと、お二人の関係性が好きなタイプで……そのタイプのフォロワーはミスカさんの呼びかけに応じないだろうから、私が来ました』

そう言うのは『歌丸』なる名前の女の子だった。俺はまがりなりにも Twitter 探偵なので、俺と助手太郎の関係性をラブの方向に振り切って解釈している人達がいるのも知っている。その上、定期的に検索して保存している。これは助手太郎のことが好きとか、そういう解釈が好きっていうより、ファン活動の一形態として楽しいって感じだ。漫画とか小説とか、たまに普通に泣ける。助手太郎なんかは特にそういうものを収集しがちだった。「思い切り泣こうかなって時は、ホム沢先生が死ぬタイプのやつ読みます」というのはあいつの言だ。自分が死ぬのはあんまり泣けないらしい。へーって思ったけど、この情報もあいつとの再会に全く役立たないな……。

「むしろありがたいのにな。少なくとも俺達は」

『ホム沢さんは二次創作ガイドライン出してくれてますしね。あれ凄いやりやすくて』

『太郎さん単体で書く側もありがたいです』

「あれは太郎発案だからな」

『流石は助手太郎さん！』

四人中三人が助手太郎単体推し勢だからか、助手太郎の話題の方が盛り上がっているような気がする。でもまあ、それでいい。

「そういや気になってたんだけど、二次創作の助手太郎ってなんで猫耳生えてんの？」

『助手太郎さんのアイコンが猫だったからですね』

「えー？　うん？」

『そういった要素をちゃんと拾ってムーブメントが出来ていくんですよ。「原作準拠」で』

そういうもんなのかな。確かに、何にも知らない相手を解釈するにはとっかかりが必要だ。とっかかり。俺の知ってる要素で作ったとっかかり。俺が知ってることって、なんかあんのかなあ。

ホム沢『太郎って何歳？』

助手太郎『みんなが見てる場で言うわけないでしょ』

ホム沢『質問箱でもよく聞かれてるじゃん』

助手太郎『ホム沢先生よりは若いです』

ホム沢『俺だって年齢非公開なんだけど』

助手太郎『小さい頃見てた戦隊もののシリーズとか、小学校の頃やってた64のソフトとかの話しない方がいいですよ。年代バレるので』

ホム沢『エアライドで遊んでた？』

助手太郎『ハイドラ禁止』

ホム沢『シティトライアルで遊んでた世代広くてわかんねえ』

みんなの時間を使わせるのもまずいので、俺は単刀直入に「何かしら助手太郎のことで分かっていることを教えてほしい」と告げる。すると、参加者の一人がするっとこんなことを言った。

『まず、太郎さんがかつて住んでいたのは中野(なかの)区です』

「…………………………ほう」

いきなり結構な濃さの個人情報が投げ込まれて、うっかり怯んでしまった。住んでたところっていうのは…… Twitter には載せてはいけない、助手太郎も多分積極的に載せていなかったはずの……情報だろう。もしかして俺が気がついてなかっただけで、あいつも個人情報にガバいタイプだったんだろうか？　と、思ったところで、みるきーあどらーが言う。

『一度、助手太郎さんが「うどん三昧」の話をしたじゃないですか』

「うどん三昧」というのは、どこにでもあるうどん屋チェーンだ。俺も助手太郎も「うどん三昧」のファンで、一番美味いうどんはどれかっていう議論を何度も何度も Twitter で繰り返していた。Twitter ってこういう毒にも薬にもならない議論をするのにマジで向いてる場所だよな。

「してたな、何回も」

『そう。何回もっていうのがポイントなんです。何回もあったら、そりゃあ特定出来ますよ』

「もしかしてどこの『うどん三昧』に行ってたかって話か？　でもあれチェーン店だし、どこの店舗って言ってなかっただろ」

『小さい頃にねぎとしょうがの容器を間違えた話をしてたでしょう？　その当時の太郎さん

は背が小さくて、間違えた容器をよいしょって戻してもう一度取ったらまたそれがしょうがで』

「……Twitter で話すとまあまあ盛り上がるはずの話、こうして聞くと全く面白くないな」

『その時に赤い蓋がどうこうって話をしてましたけど、実は「うどん三昧」で赤い蓋の薬味入れが使われてるのって中野区と江東区の店舗だけなんですよね。理由は全然分かりませんが』

「……でも、中野区と江東区で絞れてないだろ」

『高校生の頃の太郎さんが四月下旬までずっと春のわかめ三種うどんを食べ続けてたって話をしてたじゃないですか。恐らく、太郎さんは二十代後半の男性です。となると、高校生であったのは大体十年前で、十年前に四月下旬まで春のわかめ三種うどんを出していたのって中野区の『うどん三昧』だけなんですよね。江東区は実験店舗で、期間限定メニューが次々入れ替わるから、わかめのやつは四月下旬にはもう無かったんです』

　正直なことを言うと、めちゃくちゃ怖い。俺達の今までやってたことって、ただの地道な調査でしかなかったんだなと思わされる。本物の特定って、こうやるんだな……。もしホム沢が活動再開出来たら、俺はこれを参考にして活動していこう。

『でも、恐らくは子供時代から高校生時代を過ごしていた中野区はもう離れているんです。

今は国立（くにたち）の辺りに住んでいるみたいですね』

「あ、なるほど。今は違うのか」

『はい。あちらの方で大規模停電になった時に分かりました』

「あいつ停電の時『停電だー』とかツイートしてたっけ」

『太郎さん普段は……あ、十八時以降の恐らく自宅にいる時はパソコンからツイートするんですけど、停電の時はいつもスマホ…… iPhone からのツイートになっているんです。多分、非常用の電源とか手回しライトとかに繋いで呟いているんじゃないかなって。最初は偶然かと思ったんですけど、三回あった停電の時は決まってそうだったので』

「はあはあはあなるほど」

『あと、ボラ太郎って俗称で描かれているイラストがありますけど、これボランティアをしてる太郎さんのことです。前に太郎さんが上げていた写真の隅に見切れている車の――』

　こんな調子で、俺の知らない太郎が報告される。中野区生まれ、国立住み。学童のボランティアをやってる。ゴミも拾ってる。仕事については割れていない。（働いていない？）日々忙しそうではある。Twitter に常駐している。（よっぽど隠しているんじゃなければ）一人暮らしで1LDKに住んでいる。一瞬だけプールに通ってた。らしい。

　凄いな、知らない人間みたいだ。どう考えても俺の知ってる太郎じゃない。ていうか、重ね重ね言うけど俺は助手太郎のこと全然知らない。
俺があまりに「はー」とか「ほー」とかの反応しかしないからだろう。歌丸が訝(いぶか)しげに言った。

『逆にホム沢さんは太郎さんの何なら覚えてるんです？』

「アニオタなところ……？　あいつが観てたアニメのタイトルは大体覚えてる。いつも長文送ってくるし、大体ピンク髪が推しで『またかよ』って思うから」

『当然私も覚えてますよ。というか、助手太郎さんのアニメ遍歴って少し変なんですよね。きっかり三年分くらい抜けてるんです。色々考察が捗(はかど)る場面ですね』

『アニオタを脱しようとしてたとか』

『昏睡状態にあったとか』

「あー、それは言ってたな。アニメに急にハマれなくなったとかで、一瞬ドラマに走ったとか」

『え⁉⁇　それ初耳なんですけど⁉』

『ドラマ観るタイプだったんですか⁉』

「これツイートしてなかったか？　なんかの雑談の流れで言ってたんだよな」

『ホム沢さんしか知らないことってあるんですね……』

　どうやらそうらしい。へー、結局アニオタに戻ったから、その過去ごと無かったことにしたってことなんだろうか。でも、ドラマを語る助手太郎は助手太郎で楽しそうだった気がする。「あのドラマ、台詞回しが『みなみけ』に似てて肌に合ったんですよね。あの脚本家も多分『みなみけ』とか『ぱにぽに』とか好きだったタイプですよ」とか、声付きでもないのに早口な感じで言っていた覚えがある。

「あと、その時期めちゃくちゃ映画観てたらしい」

『映画はたまーにツイートしてましたね』

『二〇〇〇年代のなかなかマイナーなところとかを攻めてくるんですよね。『サンシャイン２０５７』とか、助手太郎さんのツイートで知りましたよ』

『その割に最近の映画全然観に行きませんよね』

「アニメに復帰したから映画観れなくなったんじゃないか」

『それってどっちかしか選べないものなんですか？』

　そして沸き起こる笑い声。俺も笑う。Twitter には音が無かったっていうのに、この漏れ出す笑い声に一番 Twitter を感じる。Twitter は本当にカスの場ではあるが、こういう側面もあったんだよな……と思う。

「他に太郎の情報あるか？」

『特定出来たのはそのくらいですね』

『私達が頑張っただけで、太郎さんは凄く気をつけてらっしゃったと思いますし』

「そうだよな……。でも、助かったよ。君らの方が名探偵だよな」

『あと、ホム沢さんに言いたかったんですけど、反射とかもっと気をつけた方がいいです。ツイートは……もう気にすることも出来ませんが……色々ガバいのやめた方がいいと思います。職場も正直分かりますよ？』

「マジで？　え？　後学の為に教えてくれよ」

『あとでホム沢さんのツイートの問題点をギガファイル便で送りますね』

「そんな大層なデータでくんの？」

もしかして、Twitter って無くなった方がよかったのか？　でも俺、特定されたとしても別に……会社にさえバレなければ別に……。

『そうだ。ホム沢さんの知らない太郎さんの情報ありますよ』

と明るい声を出したのはカップリング勢の歌丸だった。

「何？」

『太郎さんはホム沢さんに救いを見いだしてましたよ』

「それ情報じゃなくて解釈だろ」

しかも、割とシリアスな二次創作をやる時の解釈。……俺、助手太郎のこと救ってたかあ～？　そういう二次創作の時って、大体助手太郎にのっぴきならない過去が付け足されていた気がする。実際の太郎にはそんな過去なんかないし、あったとしても俺は知る由もないし、そんな救いらしい救いなんて与えられていた気がしない。ホム沢の助手って地位で得た三万フォロワーは、もしかすると助手太郎の自己肯定感を上げてくれていたのかもしれないが――それは、俺っていうよりはフォロワー達のお陰だろう。もっというなら、助手太郎って愛されるキャラを創り上げられたあいつ自身のお陰だ。お前が猫耳のイケメンになったのは、お前自身のお陰なんだぜ。

だが、自信満々の歌丸は繰り返した。

『私は五万六千フォロワー超えだった人間ですよ。解釈には自信があります』

「Twitterのフォロワーで戦おうとすんなよ。終わったSNSだぞ」

『だからまあ、信じてくださいよ。ホム沢さんのこと待ってますよ～助手太郎さんは』

ホム沢（DM）『お前って映画もよく観てたんだな』

助手太郎（DM）『一時期ですけど。偏ってますし』

ホム沢（DM）『の割に結構ジャンルもバラバラだし。アニメと違って映画は喰わず嫌いしないタイプなんだな。お前あんまり等身がリアルなアニメ観ないじゃん。あと、殺伐としたやつ。俺絶対メイドインアビス観てほしかったのに。映画もやるんだぞ』

助手太郎（DM）『子供が酷い目に遭うの苦手なんです』

ホム沢（DM）『リコって子供か？　あーでも、あからさまな子供が大変な目に遭う展開あるな』

ホム沢（DM）『今やってる映画でおすすめある？』

助手太郎（DM）『もう映画観なくなりました。一生分観た気がして』

俺は助手萌え界隈にお礼を言ってディスコードを抜けた。本当にありがとう。心の底からの感謝だ。俺と太郎のことを好きでいてくれたことにも感謝だ。「何にも読んでない状態でスポーツ漫画のポジションを当てる企画」とかを好きでいてくれてありがたい。これって探偵助手がやる企画なのかも分からないけど。

「でも、地道な調査が得意なホム沢さんなら、もう見つけたようなもんでしょ。国立で張ってればいいし。いやあ、助手太郎さんも詰めが甘いね。個人情報ゆるゆるじゃん」と、勝ち誇ったような顔のミスカが言う。

「ゆるゆるでもないだろ。俺よりよっぽど気にしてた」

「まあ、Twitter にしてはね。あの名探偵達にかからなければ、太郎さんの居場所が割れることもないか」

本当にその通り。往年の刑事とかでもなければ、あそこまで頑張らないだろう。

そして、彼女らをあそこまで頑張らせたのは助手太郎が妙に自分のことを語らなかったからだ。Twitter 上のパートナーである俺にすら何も言わず、妙に距離を取っていたからだ。中途半端に隠されるのが一番気になる。ちょっと不自然になることも厭(いと)わずに、なんで助手太郎は隠してたんだろう。

「国立って行ったことある？」

「ない。中野にも詳しくない。Twitter で起きてた炎上とかなら浮かぶ。あの時何で燃えてたとか、あの場所何で燃えてたとか」

「Twitter 探偵的には合ってるんだろうけど嫌すぎ〜」

ミスカは見慣れた笑顔で言ってくれたが、目が少し引いている。Twitter の一番汚い淀(よど)みに目を向けてるのと同じだもんな。俺だってこんな人間にはなりたくなかったよ。けど、TLの中で燦然(さんぜん)と輝くハッシュタグは、俺の記憶によく焼き付く。炎上事件が起こると、事件の要約みたいなハッシュタグが並ぶ。#中野区　#事故　#悲劇　的な。

「でもさ、これで国立まで行って拒絶されたらどうするよ。結局、特定したのも俺じゃないしさ」

「なーに弱気になってるんですか。私もさっさと合流した方がいいと思いますよ。危ないし」

「何が危ないんだ？　え、太郎が誘拐されてるとか？　そういうミステリ的なやつだったのか、この話」

「えはっはえははは、えー、マジですか」

「お前さあ、えーかはははかどっちかにしろよ」

　俺はTwitterで探偵ごっこをしていただけで名探偵じゃない。だから、一介の助手ポジであるミスカですら到達出来る話に辿り着かない。

「危ないでしょー。だって、太郎さん自殺願望あったもん。そういう人特有の臭いしてた」

「……えはあ？」

「え、か、はあ？　かどっちかにした方がいいですよ」

　ミスカが一頻り（ひとしきり）けらけら笑って、不意に呟く。

「Twitterって稀に結構命の価値がストップ安になるんですよねえ。助手太郎さん、なんで死にたかったんだろ」

ホム沢『太郎って結構アニメ観てるよな』
助手太郎『観てるというか観てたというかやることなくて』
ホム沢『の割に結構知識が偏ってるというか』
助手太郎『ハマってた時期とそうではない時期があって』
ホム沢『でも最近のやつはお前の方が観てる』
助手太郎『そろそろリコリコ観てくださいよ』
ホム沢『お前ってやっぱ百合好き？』
助手太郎『違います』
ホム沢『リコリコが好きな奴は百合好きだろ。逆にじゃあどこが刺さったの』
助手太郎『不殺のポリシー』
ホム沢『お前が初めて円盤買ったのは？』
助手太郎『らきすた』

ホム沢『そいやお前って休日何してんの』
助手太郎『寝てるか調査です。あとはそこそこ』
ホム沢『趣味とか無いの』

助手太郎『ないです』

ホム沢（DM）『助手太郎っていつも真夜中にDM送ってくるよな』
助手太郎（DM）『通知切っとけばいいでしょ……』
ホム沢（DM）『や、クレームじゃなくて』
ホム沢（DM）『いつ寝てる？』
助手太郎（DM）『寝てますよー』

助手太郎『トレンドが胸糞悪いな。Twitter 無くなればいいのに』

助手太郎『みんなが叩くものを探してる。叩いていいものを探してるような気がする。ヘルTwitter』

助手太郎『Twitter では一回でもミスったら死にますからね』

助手太郎はホム沢探偵事務所の窓口の役割を担っているので、ある程度の依頼を選り分けて俺のところに持ってくる。俺は助手太郎の判断を全面的に信頼しているが、時折判断の付かないものを相談されることがある。

助手太郎（DM）『これ、受けるかどうか正直迷っているんですけど』

そんな前置きで出てきたのが、某大学のお茶会サークルで起きた強姦（ごうかん）事件だった。

お茶会サークルはその名の通りお茶会をテーマにして、良い紅茶と良い茶菓子でお茶会を楽しむっていう、結構のほほんとしているサークルだった。そこで、白昼堂々紅茶に睡眠薬を混入しての強姦事件が起きた。被害者はインカレでサークルに加入した他大学の学生だった。

で、犯人は全員エリート。その大学自体もめちゃくちゃ偏差値が高くて、将来を嘱望（しょくぼう）されている学生が多くいて、いやはや本当にありふれた胸糞悪さのある事件だ。

助手太郎（DM）『同意の上ですということになって捕まんなくて。今から関係者のアカウントを全部さらって、裏アカが無いかも調べて、これが強姦だったって証拠を探します。ホム沢さんがお得意の地道な調査なので、二人で手分けして頑張ることになります。それだけ頑張っても何も見つからないかもしれません』
ホム沢（DM）『警察は動かなかったんだよな』
助手太郎（DM）『そうですね』
ホム沢（DM）『じゃあまあやるだろ』
ホム沢（DM）『本業じゃないから時間あるし』
助手太郎（DM）『徒労でも失うものなんかないし』

俺達はそっからしばらく Twitter の海を彷徨（さまよ）い続け、結果、百六十二時間後に、全然名前が出てこなかった参加者の裏アカのスペースの録音から、決定的な証拠を手に入れた。俺達は被害者にそのデータを引き渡し、あとは警察に任せた。スペースの録音機能って確かに便利だけど、いや、便利だな。それ以上の言葉は無い。

流石は Twitter の巡回能力だけに特化した地道な Twitter 探偵。趣味じゃなくちゃやってられんわ、と有給を取りながら俺は思った。助手太郎も珍しく（文面に）疲れを滲ませていたが、いやはや俺達の達成感は凄かった。

そして、助手太郎はぽつりと呟いた。

Twitterが終了したので、ここでしか繫がっていなかった助手との関係が切れた。

助手太郎（DM）『これは私刑ですか？』

何を言ってるんだ、と俺は思った。俺達は証拠音声を晒したりはしなかった。証拠を集めて、あとは警察に任せた。

けど、事件が本格的に捜査されるようになって、今更何故かTwitterで話題になると、お茶会サークルの奴らは晒された。俺達が晒したわけじゃない。俺達は事件にしただけだ。でも晒された。

ホム沢（DM）『私刑じゃない。私刑なわけないだろ』

俺はわからなかった。俺を日夜断罪し、偽善者と罵るやつらのことを思い出した。石を投げられる度に、心のどっかが麻痺していく。麻痺は指先まで広がっていって、自分の手が石を持っているのかどうかも分からなくなりそうで、こわい。

さておき、さっきのメッセージへの助手太郎のリアクションはよりにもよってハートマークの絵文字一個で、俺には何の真意も分からなかった。ていうか、納得したんだなって感じ。

俺達が証拠を提出したってことは、ホム沢アカウントでは報告しなかった。なんか据わりが悪かったからだ。事件は無かったことにはならなかったものの、全員が裁かれたわけでもなかった。サークルの代表だけが、被害者に多額の示談金を支払って終わった。

『こいつらが就職する頃にはみんな忘れてるだろうから、ぬるっとどっかいいとこに滑り込みそう。何しろエリートなんで。勝ち組は犯罪犯したって勝ち組』

そんな Twitter の呟きを、覚えとく価値もない掃きだめの泥を、俺は今でも覚えている。とりあえず通報したが、これが不適切なツイートのどの項目に当たるのかよく分からなくて、はて、何で通報したんだったか。

助手太郎（DM）『あいつらが有名大の学生じゃなかったら、もう少しちゃんとした判決が出たんですかね』
ホム沢（DM）『どうだろうな。どっちにしろ俺達が考えられることじゃないだろ』
助手太郎（DM）『忘れられなかったらいいのに。就職でも何でも影響が出ればいい。Twitter の底力を見せてやる時ですよ』

Twitter が終了したので、ここでしか繋がっていなかった助手との関係が切れた。

ホム沢（DM）『そんな陰湿な底力やだろ。期待すんな』

助手太郎はそれきりこの事件に触れなかった。

助手太郎『色々趣味を見つけようとしたけど、結局これ以外続かなかった。遊びじゃない。けどただの趣味。生きていく為に続けるやりがい』
助手太郎『ホム沢さん絶対ボロ出すと思ってたんだよなあ。でもあの人、良い人だよ』

聞き捨てならない部分もあったものの、俺は即座にいいねした。けど、助手太郎は次の日にはツイ消ししていた。

Twitter ってなんであんなにも人の本音に肉薄してるって気になるんだろうな？　いくらでも嘘が吐ける場所だってのに。

助手太郎（DM）『ホム沢さん、アンチに「なんでそんなこと言うんだ」とか「誤解だ」とか送らない方がいいですよ』
ホム沢（DM）『なんでだよ。なんで酷いこと言うのか、話し合ったらわかるかもだろ』

助手太郎（DM）『話し合いなんて出来るはずないじゃないですか。だって相手はホム沢さんのことが嫌いなんですから』

ホム沢（DM）『話したら誤解が解けて仲良くなるかもだろ』

助手太郎（DM）『Twitter でそんな奇跡は起こりません』

ホム沢（DM）『ああ、俺アンチと飯食いたいな。面と向かってだったら、分かり合えないかな』

助手太郎（DM）『そうですね。Twitter じゃなければ。そんな奇跡も起こってくれるかもしれないですね』

ホム沢（DM）『俺は Twitter でだって、人間とコミュニケーション取りてえよ』

俺は、結構大事な部分までフォロワーに頼って、ようやく真相に、というか失われた助手に辿り着く。

Twitter に私生活を載せないように気を付けていて、でも詰めの甘さから断片だけは残してしまっていて、最終的に俺に特定されてしまった助手太郎は、案外規則正しいルーティーンで動いていた。ボランティアボランティア、それが終わってもボランティア。だから、待ち伏せは簡単だった。

「よう。スペースでお馴染みの声だから、聞き覚えはあるだろ？」

待ち伏せられていた憐れなる男は、俺のことを見て目を見開いたが、逃げたりはしなかった。

よかったなあ助手太郎萌え界隈！　猫耳は生えてないけど、全然二次元に耐えうるイケメンさだと思うぞ！　むしろ顔出しした方が沸き立つんじゃないか？

でも、俺が最も衝撃を受けたのは太郎のイケメンさではなく、顔立ちそのものだった。俺はこの顔を知っている。それだけじゃない。名前も、経歴も、何もかも知っている。全部Twitter で流れてきた。

「……深久茂一成」

太郎は俺の発した名前を聞いて、苦々しく笑った。

「はい。そうです。あの悪名高い、深久茂（みくも）一成（かずなり）です」

深久茂一成。食品事業を含む深久茂グループの御曹司で、華々しい人生を送ってきた当時二十三歳の男。彼は大学を卒業し、深久茂の輸入食品事業部門で働いていたが、ある日、外回りをしている最中に事故を起こしてしまう。

五歳の女の子を轢き殺すという最悪の事故を。

乗っていた車が高級外車であったことも拍車を掛け、深久茂一成はそれはもう叩かれた。妬み嫉みもあっただろうと思う。何しろ家柄が良く、顔も良く、身長も高く、穏やかで優しく、人望があり、交友関係が広く、高学歴で、綺麗な犬を飼い、映画が趣味で、でもオタクでもあって、親しみやすく、驕らず、負けず、嫉まず、清廉潔白に生きてきた見本のような人間なのだ。

人生に入ったヒビに指を入れて、割ってやりたくもなる相手だ。

一成が『上級国民』であるから執行猶予で済むのだ。深久茂グループが被害者に金を摑ませて判決を緩くしたのだ。Twitter にはそんな言葉が溢れた。深久茂一成がどれだけ悪辣な人間かを纏めた二万字の記事。深久茂一成は死んで詫びろの声。深久茂一成は世に出しちゃいけない人間という主張。

結果、一成は執行猶予の付かない三年の懲役刑を受けることとなった。一成本人の強い意思があったからなのか、世間の強いバッシングがあったからなのか、裁判官のその場のノリなのか、三浦えみかちゃんを轢き殺した罪に値する適正な罰なのか、真実は最早定かではない。

　アニメオタクであるはずの太郎が一時期のアニメだけすっぽりと観ていない理由も、その間に何故かドラマは観ていた理由も、これで分かった。あいつはその時、服役していたのだ。意外にも刑務所ではテレビを観る時間が多い。余暇は大体テレビ観賞か読書の二択だ。

「ネカマじゃないし、その逆でもない。普通の男ですよ、僕は」

　結構イメージ通りの声だった。ツイートにはその人間がある程度反映されているのかもしれない。俺は知らず知らずの内に太郎の心に触れていたわけだ。その奥にある深久茂一成にごく自然に触れていた。

「ただ、犯罪者なだけで」

「服役して償っただろうが……！」

　俺は間髪入れずに言うが、世間の目がそれを許さないことは分かっている。特に Twitter なんかは未だに深久茂一成のことを許していない。顔を晒し名前を晒し、まだ償いが足りないと断罪を続ける。勿論、トレンドなんてすぐに移り変わるから、一時期に比べて目に見えてそういう奴らは減った。

　でもゼロじゃない。

今日も深久茂一成の画像に人殺しの文字が添えられる。新しいツイートが生まれる。

Twitter がある限りゼロにはならない。

Twitter が無くなったってゼロにはならない。

俺は天才的な閃き(ひらめ)の出来るような探偵じゃないけど、ここまできたら完全に分かってしまう。太郎が俺に会いに来れない理由。Twitter 以外じゃ助手太郎でいれない理由。Twitter だけでは助手でいられた理由。これだけお膳立てされちゃ、ほんと、参るね。

俺は何にも言えなくて、沈黙を遊ばせる羽目になる。そうしている内に、優秀なる助手の方が口を開いた。

「隠しててすいません」

「いや……別に、言わなくていいだろ。Twitter なんだから。Twitter では個人情報なんか……出さない方が偉いんだ」

「その割に、ホム沢先生は結構出てましたよ。僕はホム沢先生がどこに住んでるかとかも大体当たりついてましたし」

「おい、嘘だろ」

「本職もこれじゃないかなって思ってるのがありました」

「…………吹かすなよ」

とは言ってみたものの、太郎の調査能力とネットリテラシーは完璧なので、多分これは単なるフカシではなく、事実だ。

でも、俺がそうして脇が甘く生きていられたのは、知られたら致命的な情報が無かったからだ。のうのうと生きていられる、垂れ流しで問題無い適当な人生を送っていたからだ。俺はその意味を考えたりしなかった。そこまでまるっと含めて、Twitter と一緒にパチンと弾けて、ホム沢なんてアカウントがあったことすら、一年もすれば忘れられる。

「なのに、お前は Twitter と一緒におさらばしようってのかよ。イーロン・マスクの気まぐれで、俺の助手って唯一無二の役目を捨てるなんて馬鹿げてるだろ」

「でも、仕方ないじゃないですか。Twitter って場じゃなかったら、僕は助手太郎でいられないんですから」

そう言って、助手太郎は視線を周りに滑らせる。今のところ、助手太郎のことを訝しげな目で見ている人間はいない。精々、育ちの良さそうなイケメンがいるな、程度の目だ。だが、太郎のことを深久茂一成に引き戻す目は、どこに現れるか分からない。

「確かに僕は罪を償いました。三浦えみかちゃんのご遺族にも僕の気持ちは伝わって、和解しています。それでも、罪が無くなったわけじゃない。僕は別に、死後に地獄に堕ちてもいいんですよ。けど、次の裁きを待つだけでは、余生があまりに長すぎて」

出所した後、深久茂一成はどういう気持ちでアカウントを作ったんだろうか。社会と隔絶されていた期間を埋める為に、情報収集専用で作った匿名アカウントだったのかもしれない。灰色の卵アイコンから、助手萌え界隈を沸かせるキュートな猫アイコンへ。何も書いていない bio から、俺のＩＤが書かれた助手仕様へ。

そうして深久茂一成は助手太郎へと変貌したのだ。

「じゃあお前、投げ出すのかよ。俺はまだ移住先決めたわけじゃないけど、探偵辞めるつもりはないぞ！　インスタとか……マストドンとか、それっぽいサービスは沢山あるだろ？もしかしたらイーロン・マスクが気まぐれで Twitter を復活させるかもしれない。そうしたら俺の二万七百七十三フォロワーだって戻ってくるし、お前の三万六千二十一フォロワーも戻ってくるし……」

畜生、俺には説得の才が無い。俺を見る太郎の目がどうにも冷たくて、何にも言えなくなる。で、ようやく出てきたのは全く中身の無い言葉だった。

「他のＳＮＳでもう一回やり直せばいいだろ？　お前が誰だろうかなんて、ＳＮＳ上だったら分からないじゃないか……」

最悪手だってことは俺だって分かっている。けど、もし Twitter さえ無くならなければ、深久茂一成は何も気にせずに俺の助手でいたはずなのだ。Twitter が終わらなければ。俺達の遊び場が遊び場のままだったら。

「子供を殺した人間が、探偵の助手でなんかいられませんよ。ホム沢先生の名前に傷が付く」

「誰も知らない。誰も分からない。お前は深久茂一成じゃなく、助手太郎だろ」

「でも、ホム沢先生は知ったじゃないですか」

「ここにいるのは行沢遠助だ！　ホム沢はTwitterの存在なんだから、終わった今じゃいねえんだよ……！」

それを言うと、深久茂一成はふっと笑った。

「ホム沢がいないなら、助手太郎もいないですよ」

なんだよ、クソ、とりつく島もない。俺はTwitterを出た瞬間、弱くて何者でもない俺になってしまった。なんだよ。しがない会社員と、赦されないことをしちまった男が探偵助手ごっこ出来たり、それと同じラインでくだらねー飯の話やゲームの話出来るのがTwitterだろ。

たとえ深久茂一成に制裁を加えたのがTwitterだったとしても、助手太郎が強姦魔に制裁を加えたのが同じTwitterだったとしても、こいつはあのどうしようもない泥の中に帰ってきたのだ。なのに、こいつはそんなTwitterすら奪われて。俺はこいつをもう助手にしてやれないのか？

気づけば、俺は口にしていた。

「分かったよ。お前の言い分はわかった。だから、こうしよう。俺は、Twitter を取り戻す」

「え？」

「お前が虚構で遊べるのは Twitter だけなんだろ。それはわかったよ。だから、そうしろ。Twitter にいろ。俺があそこを取り戻すから」

「何言ってるんですか。Twitter は終わっちゃったんですよ」

「俺がイーロン・マスクを説得する。なんか偉い人と交渉する。で、Twitter を復活させる。そうしたら文句無いんだろ」

深久茂一成は、普通に吹き出してくれる。ジョークのハードルが著しく低い Twitter じゃなくても、こいつは笑う。何故なら、俺達のやっていることが、願っていることが、あのどうしようもないSNSでしか成立しないからだ。だから駄々をこねるしかない。

これはある意味で決別宣言なのかもしれない。俺達は Misskey にも Bluesky にも行かず、ホム沢と助手太郎はここで終わり。俺が仮にインスタに移住しても、助手太郎は現実に戻る。深久茂一成の人生を生きていく。そういう話だ。

でも、Twitter が終了したんだから、それは仕方のないことなのだ。

「…………ていうか、お前金持ちの家の子だろ。Twitter 買えないのかよ」
「その冗談言っていいの、Twitter だけですよ」
「はは、本当そうだな、本当、不謹慎……」

俺はそれきり何も言えなくなる。Twitter なら会話に困ったら終わらせればいい。いいね一つしておけばそれで読んだよのサインだ。

けど、生身の肉体を持った俺達は気まずい沈黙の中に身を浸し、不謹慎なジョークと、絶対叶うことのない条件を間に挟んで、どうにか苦笑いを浮かべて立ち去るタイミングを失っている。丁度、タイムラインにしがみ付く生産性の無い夜更かしみたいに。

Twitter が終わってくれて、よかったのかもしれない。Twitter で誰かと解り合うことなんて出来ない。対話なんて出来ない。どこもかしこも石が飛んできて、立っている人間はみんな傷だらけだ。俺達はこの地獄から抜け出した方がいいのかもしれない。Twitter で毎日のように誹謗中傷を受けていた俺が、現実で罵倒されることは、殆ど無い。

でも、Twitter が無ければ、こいつに会うこともなかった。

ホム沢『死ぬのっていつまで怖かった?』
助手太郎『結構怖かったですよ。ついこの間まで』

ホム沢『逆にどうして怖くなくなったんだよ。子供産まれた？』
助手太郎『子供を自分の分身として考えるの、あんま好きくないです』
ホム沢『俺まだ寝る前とかに怖くてハッとすることあるわ』
助手太郎『かわいそう』

……。
…………。
………………。

Twitter のよくないところは不安定なところだ。一人の人間の意思だけで、青い鳥が犬になったり、ふせったーが使えなくなったりするところだ。

けど、そういう Twitter だからこそ、一夜で気まぐれに復活することもあって、およそ八ヶ月後、Twitter はXXとして本当に何事もないみたいに復活した。しかも、フォロワーとか、嫌すぎるおすすめタブや、何にも反映してなさそうな役立たずのトレンドが躍っている。広告は出稿する企業が追いついていないんだろう。一掃されていて気持ちがいい。アイコンのXXだけめちゃくちゃだっせえ。

Twitterが終了したので、ここでしか繋がっていなかった助手との関係が切れた。

『みんな、いる?』

誰かのそんな呟きに笑ってしまう。そこは、どうしようもなくて不安定で、人間の悪意が渦を巻いていて、虚構に塗（まみ）れている悪い場所だ。絶対無くなってほしくない、今すぐにでも無くなってほしい場所だ。

こっちは助手一人、あるいは自分の人生の一部を切り離すような気持ちでTwitterと離れたんだ。俺はホム沢じゃなくて行沢として生きていくつもりだったんだ。実際に、俺は日常のちょっと嬉しいことを、自分の中だけに留めて何食わぬ顔で生きていたんだ、この半年くらいは。

また何事もない顔で戻れっていうのか? あんな実現不可能な虚言で切り離した人間と、もう一度繋がれっていうのか?

そうこうしてる内に、またタイムラインが動く。いやほんと、広告の無いタイムラインって快適だね。

助手太郎『新しいラブミスは神宮（じんぐう）ちゃんでいく』

俺はそのアニメを知らない。けど、俺はどうせそのキャラクターがピンク髪で、ドジっ子で、ちょっと報われないキャラクターなんだろうと当たりをつける。俺は助手の居場所も当てられないごっこ遊びの名探偵。でもこいつのヘキだけは、ツイートから覚えてる。

装幀　坂野公一（welle design）

カバー絵　René Magritte: "La grande famille"
ullstein bild Dtl./Getty Images

扉絵・扉写真

P.7　青井タイル

P.39　足立いまる

P.59、83、101　Adobe Stock

P.125　編集部撮影

根

根谷はやね @Neya Hayane・X月X日
名前が変わり、見た目が変わり、ツイートはポストになりましたが、私たちは未だ「それ」を「Twitter」と呼んでいます。Twitterで得られた何かを失いたくない、その祈りがそこにはあるのでしょう。
それかもう喪われているのかもしれません。
いつか「X」と呼ぶ、そのときに喪ったものに気づくのです。

九

九科あか @Kyuka Aka・X月X日
早朝に「だるい」とだけを書いたり昼休みに「疲れた」とだけ書いたり普段の私は己の感情を説明するのをとても面倒臭がる。なのにちょっと内省的になった夜には連ツイしてでも自分のことを細かく説明したがる。気まぐれな私を受け入れてくれたTwitter、本来あるべき教育者という感じで良かったな。

斜

斜線堂有紀 @Shasendou Yuuki・X月X日
Twitterなんか大嫌いだけど、Twitterがあったから見つけてもらえた小説家でもある。駆け出しの頃の私を小説家でいさせてくれてありがとう。鳥返して。

Twitter 追悼文

消えてしまった青い鳥へ、
140字以内で想いを込めて

青井タイル @Aoi Tile・X月X日
高校を卒業してから30代という、自分でアンテナや交友関係を広げていく盛りに、私はTwitterに打ち込んでいました。
私にとっては変な本や遊び、スポットを教えてくれる、ちょっと変わった先輩みたいな存在なのだと思います。
Twitterの名が消えたことで、ようやく青春を終えられたような気がします。

足立いまる @Adachi Imaru・X月X日
最近はXだとかポストだとかの単語が飛び交っていますが、私は一生Twitter・ツイートと呼び続けます。
bring back Twitter

乙宮月子 @Otomiya Tsukiko・X月X日
ミスロマのモデルは$\sqrt{5}$という歌い手バンドなのですが、折しも今年$\sqrt{5}$が活休することをTwitterで知りました。災害時の有用性や匿名交流だけではなく、人生でほんの少し接点を持っただけの人や物事との緩い繋がりを長く維持し、時には再会の契機になるツールとしての役割も大きいSNSだったと思います。

同人誌『Twitter終了合同』(2023年5月発行)

青井タイル「ペンテコステの祭日」
足立いまる「それじゃあまた、Twitterという天国で会おう。」
乙宮月子「近くて遠い」
根谷はやね「耳元で囁く」
九科あか「次の日曜日に茗荷谷駅までお越しいただけますか?」
斜線堂有紀「Twitterが終了したので、ここでしか繋がっていなかった助手との関係が切れた。」

本書は上記同人誌を加筆・修正・改題の上、書籍化したものです。
「Twitter追悼文」は書き下ろしです。

著者略歴

青井タイル（あおい・たいる）

漫画原作者。1992年生まれ。神奈川県鎌倉市出身。上智大学卒。在学時、文芸サークル紀尾井文学会に在籍。2022年『となりのヤングジャンプ』に読み切り「女甲冑騎士さんとぼく」を掲載、漫画原作者としてデビュー。23年現在「COMIC OGYAAA‼」にて同漫画を連載中。

足立いまる（あだち・いまる）

漫画家・イラストレーター。2017年、第17回角川新人漫画大賞にて「王様はやめられない！」で佳作を受賞し、『月刊少年エース』にて雑誌デビュー。その後同誌で「ひげを剃る。そして女子高生を拾う。」コミカライズを連載中（既刊コミックス1～10巻）。イラストでは「神神化身」カクヨム連載版・挿絵担当など。

乙宮月子（おとみや・つきこ）

1997年生まれ。神奈川県横浜市出身。上智大学卒。在学時、文芸サークル紀尾井文学会に在籍。本書の他に『ストロングゼロ合同』、『タピオカ合同』へ寄稿。

根谷はやね（ねや・はやね）

1992年生まれ。北海道生まれ東京都育ち。本書の他に同人文芸サークル「サ！脳連接派」や同人誌『Rikka Zine vol.1 Shipping』に寄稿。

九科あか（きゅうか・あか）

会社役員。1995年生まれ。神奈川県大和市出身。上智大学卒。在学時、文芸サークル紀尾井文学会に在籍。本書収録「結論から言うと、ツイッターが一番性に合いました」が初めての小説寄稿となる。

斜線堂有紀（しゃせんどう・ゆうき）

上智大学卒。在学時、文芸サークル紀尾井文学会に在籍。2016年、『キネマ探偵カレイドミステリー』で第23回電撃小説大賞メディアワークス文庫賞を受賞し、デビュー。21年、『楽園とは探偵の不在なり』が第21回本格ミステリ大賞（小説部門）にノミネート。各ミステリランキングに続々ランクインし、話題に。近著に『本の背骨が最後に残る』など。

小説集　Twitter終了

2023年11月25日　初版発行

著　者　青井タイル／足立いまる
乙宮月子／根谷はやね
九科あか／斜線堂有紀

発行者　安部順一

発行所　中央公論新社
〒100-8152　東京都千代田区大手町1-7-1
電話　販売 03-5299-1730　編集 03-5299-1740
URL https://www.chuko.co.jp/

ＤＴＰ　ハンズ・ミケ
印　刷　大日本印刷
製　本　小泉製本

Published by CHUOKORON-SHINSHA, INC.
Printed in Japan　ISBN978-4-12-005715-1 C0093